O LIVRO DOS *Ciúmes*

Outras obras do autor

No Brasil:

Memórias da liberdade
Rio de Janeiro, Achiamé, 1985

O clube dos feios e outras histórias extraordinárias
Rio de Janeiro, Artes e Contos, 1994

No exterior:

La asociasión de individuos de apellido Cheong
Houston, The Americas Review, tradução de Lauro Flores, 1996

La leggenda dell'uomo letterato
Lecce, L'Immaginazione, tradução de Adelina Aletti, 1995

Para
Constance e Frederico,
meus filhos.

Vê-se a Morte cruel no punho alçando
O ferro de sanguento ervado gume,
E a toda a natureza ameaçando:
Vê-se arder, fumegar sulfúreo lume...
Que estrondo! Que pavor! Que abismo infando!...
Mortais, não é o Inferno, é o Ciúme!

Bocage

Do ciúme

O Ciúme é uma espécie de Receio, que se relaciona com o Desejo de conservar a posse de qualquer bem; e não resulta tanto da força das razões que fazem supor que esse bem se pode perder, como da grande estima que por ele se tem, a qual faz que se examinem até os menores motivos de suspeita e que se tomem esses motivos por razões muito fortes.

Descartes

Para os ciumentos isso pouco importa,
pois eles não precisam de motivo
para terem ciúme. São ciumentos.
São porque são. É só. O ciúme é um monstro
que a si mesmo se gera e de si mesmo nasce.

William Shakespeare

Meu senhor, livrai-vos do ciúme!
É um monstro de olhos verdes, que escarnece
do próprio pasto de que se alimenta...

William Shakespeare

Sumário

A musa dos ciúmes

Numa dessas noites que só acontecem no mundo dos escritores, fui despertado por vozerio que parecia vir da parte da casa onde ficam a biblioteca e as saletas de recepção. Mal equilibrei os óculos, essa primeira e óbvia operação que faz o míope ao despertar, tratei de enfiar um roupão sobre o pijama, pois senti os chinelos me carregando para fora do quarto. Fiapos de luz quebradiça fugiam por uma porta entreaberta, no final do corredor, deixando claridade suficiente para guiar meus passos na semi-escuridão. Após vazar três ou quatro ambientes, cheguei à biblioteca — minha fortaleza de idéias e papel. De fato, luzes e vozes vinham dali. Movido por aquele instinto cautelar que nos aflora nessas horas noturnas, guardei certa distância da porta e fiquei a espreitar.

Não fosse minha experiência no campo das surpresas que a vida resolve brindar de tempos em tempos, teria ficado paralisado com o que vi. Mas, domesticado o susto e a emoção submetida ao esgrimir da curiosidade, presenciei uma das mais incríveis situações que a sensibilidade criativa pode experimentar. Estavam ali reunidos, em discussão organizada, meus personagens, meus fantasmas, um dia filhos da minha imaginação, dos meus credos, medos e fantasias, e que até então — podia jurar por todos os santos e beatos de Espanha — só haviam povoado as páginas dos livros que escrevi.

Eram antigos personagens vestidos a caráter, talvez uma dezena deles, um pouco mais, um pouco menos, do mesmo jeito como os concebi em linhas de papel pautado e sob o esmero de mata-borrões. Esses logo reconheci, embora havia anos não lhes soubesse o paradeiro. Tinham sido delineados a bico-de-pena e garranchos quase ilegíveis, mas ainda guardavam o mesmo ar de espontaneidade que suscitaram no ato da criação. Havia outros, mais modernos, nascidos sob a prensa de teclas no rolo da máquina de escrever. Não eram nem mais nem menos apurados que os primeiros.

Estavam lá o professor de latim de uma noveleta, o padre do meu primeiro romance, dois generais inimigos que jamais ganharam ou perderam uma batalha — pois a história ficou inacabada —, uma jovem lindíssima de cabelos de ouro que sob minha disfarçada proteção acabara freqüentando mais de um livro, e outros personagens que, aos poucos, fui reconhecendo de tal ou qual história.

Reuniam-se quase em semicírculo, ocupando assentos harmoniosamente dispostos no conjunto de saletas que compunham a biblioteca. Algumas poltronas tinham sido deslocadas de seus pontos habituais para ficarem mais próximas à escrivaninha onde um personagem baixinho presidia o evento. Esse minúsculo sujeito, além do mais de sobrenome curto, que tarda em me vir à memória, era protagonista secundário de novela policial que escrevi para uma revista estrangeira. Sendo personagem pelo qual nunca nutri simpatia, senti-me pouco à vontade vendo-o presidir a insólita reunião. Aliás, logo me inteirei não se tratar de mera reunião, mas sim de uma assembléia, tendo em vista circunstâncias que convém relatar pouco a pouco.

Secretariando o presidente e formalizando as decisões da assembléia havia uma velhota ciosa dos seus deveres, de modo que ficava a maior parte do tempo com a cabeça baixa, organizando a pauta dos assuntos, registrando o andamento das discussões, e permanecia assim tão compenetrada, que demorei a me lembrar de qual livro havia saído. Por fim, reconheci tratar-se de personagem confiável.

Como por esse mundo não passamos incólumes nem mesmo pelo mínimo ato que inadvertidamente cometemos, observei que os meus personagens me conheciam muito bem. Falavam das minhas emoções, dos meus anseios, do meu passado, dos meus muitos defeitos e de algumas raras virtudes. Mas falavam sem rancores, quase maquinalmente, talvez da mesma forma como eu costumava lhes descrever os biotipos, impondo-lhes ou negando esse ou aquele caráter, forçando-os ao curso dos enredos e subjugando-os ao vaivém das minhas tramas e dos meus humores.

Um personagem longilíneo, de barba cuidada e chapéu bem posto, trajando terno de fino corte, colete à mostra e bengala empunhada, até mesmo comentou sobre minhas melhores fraquezas — "timidez e intuição". Foi o que ele disse ao presidente da mesa com sua voz rouca, exatamente como eu o fizera falar numa história de mistério pelas ruas de Salamanca havia mais de quarenta anos. Sendo limitado meu ângulo de visão na porta entreaberta, rendi-me à imposição geométrica das circunstâncias, de sorte que só pude ver frontalmente esses personagens. Vi outros, porém estavam de perfil ou de costas. Quanto aos demais, sabia estarem ali porque lhes ouvia a voz, e também por causa das referências que um ou outro fazia deles.

Porém, o mais interessante nesse encontro foi conhecer o escopo da assembléia. Fiquei pasmo. O presidente baixinho professorou que estavam ali reunidos para estimular minha auto-estima de autor, já que, fazia anos, eu havia deixado de escrever sem motivo aparente. Por isso, propunha discussão de estratégia que me seduzisse a retornar à feitura dos livros. Assim, instigados ao debate aberto, primeiramente trataram de explorar prováveis causas do meu comportamento. Uns achavam que o sucesso me tornara preguiçoso, outros aventaram que a minha velhice tinha chegado cedo, outros supunham que o meu retiro das lides literárias era porque havia ganhado muito dinheiro com isso e ficara desinteressado do *métier*. A maioria, embora dois ou três guardassem reservas quanto a minha pessoa, concordava com a proposta do presidente: que eu devia voltar a escrever. Nem que fosse um livro só. E assim a discussão foi tomando rumos que adentraram os labirintos da noite.

Impossível deixar de considerar certos aspectos da inusitada assembléia. Em dado momento, senti a forte presença dos personagens fumantes, não só porque comecei a me lembrar dos que se entregavam ao vício, mas também por causa de tossidelas, odores e fumaça que escapavam pela porta entreaberta. Talvez a chama da lareira estivesse alta, nisso também cheguei a pensar. Confesso que não pude perceber alguns pormenores das discussões, mas consegui observar perfeitamente, como de resto ocorre em qualquer humana reunião, mais de um participante cochichando no ouvido do sujeito ao lado maledicências mundanas que fugiam ao objetivo do evento. Dentre os fatos positivos, e isso deu muito trabalho na elaboração da ata, sobressaiu que em todos os desdobramentos do tema houve necessidade de contarem-se os votos a favor e aqueles contra, registrando-se grupo e margens vencedores, de forma que a assembléia transcorreu sob auspiciosos padrões democráticos, com apenas um senão que veremos adiante.

Lá pelas tantas, o presidente convocou a secretária para que lesse em voz alta a ata da assembléia. Fiquei sabendo haverem deliberado que eu começaria, já na manhã seguinte, a escrever novo livro a fim de quebrar o longo jejum literário. Seu título seria *O livro dos ciúmes*, teria 208 páginas, tantas histórias quantas ali coubessem, desde que não excedessem de doze, e seria prefaciado por dramaturgo ou cineasta. Determinaram os nomes dos personagens, traçaram-lhes o perfil psicológico, esboçaram caráter e breve história de cada um, inclusive descrição física, e ditaram as indumentárias que usariam durante suas passagens pelo livro. Tempo e lugar das histórias foram sabiamente escolhidos. Seriam ao redor do mundo. Em qualquer época. Alegaram que sendo o ciúme imanente fraqueza humana, não há quadrante onde não viceje. Também foram taxativos: ninguém é imune ao ciúme, e não há rezaria que o neutralize.

Natureza e enredo das histórias foram discutidos em tom bem abaixo dos outros. E mereceram igual tratamento quando da leitura da ata, de modo que os fatos envolvendo sua deliberação foram previamente cochichados pela secretária ao pé do ouvido presidencial. Suponho que história por história, pois o cochicho parecia interminável, além de o presidente ter pedido à secretária, pelo menos sete vezes, que alternasse o ouvido que recebia a falação. E tanto foi assim que não pude escutar nada além da palavra "história", a única em voz audível no tocante à leitura de tal item do documento, sendo isso o solitário senão nos padrões democráticos do conclave.

Finalmente, o presidente encerrou a assembléia, e todos se retiraram por uma porta falsa, que eu até então desconhecia, situada bem no meio das estantes de maior envergadura. Enfileirados como tropa de assalto, desapareceram pela retaguarda dos livros. Logo que saíram, deixando no ambiente percebível vibração de suas presenças, entrei na biblioteca e vi espalhados, num canto e noutro, cinzeiros com pontas de charutos e cigarrilhas de marcas que já não existiam. Encontrei papéis amassados em duas cestinhas de lixo, e um botão de madrepérola caído sobre a rosácea do grande tapete turco que dominava o assoalho do ambiente maior.

Provavelmente, o botão havia se desprendido do casaco que a mulher de cabelos dourados vestia, pois me lembrava de que ela usara o mesmo traje numa história de outros tempos. As franjas do antigo *bakhtiari* estendido entre duas saletas estavam despenteadas, e seus desenhos no contrapêlo da lã sugeriam que botas masculinas passaram por ali. Onde o sujeito alto de bigode havia sentado, achei em volta tocos de cigarrilhas, montículos de cinzas e pedaços de papel celofane amassados. Juntei os detritos que vi e os atirei na cestinha de vime sob a escrivaninha. Embora sonolento, certifiquei-me ainda de que a chama da lareira bruxuleava rumo à extinção. Apaguei as luzes dos lustres e abajures que os personagens haviam esquecido acesas, acostumei os olhos à súbita escuridão e saí furtivamente da biblioteca como se não estivesse em minha própria casa.

Fui para o quarto, refazendo o caminho de volta pelo corredor semi-envidraçado, acomodando a vista ao prenúncio da madrugada. Tentei reconciliar o sono, mas demorei a apaziguar o espírito. Fiquei pensando naquela incrível assembléia. Meus personagens me querendo de volta aos livros. Eles tinham a maior das boas vontades, pensado em tudo, mas alguma coisa, de fato, haviam esquecido. Sim, se literatura é arte, escritor é artista. Artista precisa de musas para soprarem inspiração, criarem atmosfera própria às fantasias, aos vôos do espírito e ao desprendimento das viagens sensoriais. Sim, esqueceram ou omitiram a musa. Minha experiência dizia que sem musa arrebatadora não pode haver livro bem-feito, nem histórias em que se acredite. Seriam inúteis o esforço representativo dos personagens, a descrição minuciosa dos ambientes, a textura da trama, o suspense bordeando o clímax, bem como a ênfase e clareza do verbo... Perambulava por esses caminhos quando me enredei nas tramas do sono.

Pela manhã, despertei ainda meio confuso e desconfiado quanto ao que havia sucedido no meio da noite anterior. A criada trouxe-me leve desjejum que saboreei, vagarosamente, olhando a primeira neve que caía nos arredores de Granada naquele inverno. Além da janela, os flocos salpicavam os ramículos plumosos da cerca de ciprestes que guarnecia o jardim.

Depois, fui à biblioteca e instalei-me na escrivaninha onde o personagem baixinho havia presidido a estranha assembléia. Recordei as vozes, discussões, e tudo o que haviam dito para estimular o meu retorno aos livros. De fato, ninguém havia falado da musa. Então, decidi recorrer a instrumentos colecionados por meus ancestrais, geração após geração, e que eu mantinha na bibilioteca com muito orgulho, só me valendo deles em raros momentos. De dentro de um estojo forrado com veludo carmim, retirei folhas de papel-pergaminho e uma pena de ganso. O pergaminho teria origem prussiana, e constava que a pena tinha sido arrematada em leilão de antigüidades como sendo uma das utilizadas por Balzac na *Comédie*. Molhei o bico da relíquia no tinteiro e deixei mensagem assim: *Senhores personagens, quem será a musa inspiradora? Um escritor das minhas tradições não pode prescindir da musa. Aguardo nova assembléia. Assinado* M. de C. y C.

O resto do dia passou como transcorre o tempo aos setenta e nove anos — sob o tacão da rotina de viver. Dediquei-me à leitura de livros raros que eram arquivados numa prateleira central da biblioteca. Os dorsos dos volumes mantinham o tom da cornalina, ressaltando ainda mais as letras douradas dos títulos.

Na noite seguinte, repetiu-se o vozerio mais ou menos no mesmo horário da assembléia anterior. Como aguardava ansiosamente resposta à minha mensagem, mantive-me desperto todo o tempo, de sorte que foi fácil repetir movimentos e percurso. A porta entreaberta estava do mesmo jeito, deixando o mesmo ângulo de visão. Fiquei de soslaio aguardando o resultado da discussão. Os deliberantes estavam reunidos na mesma posição de antes, tomando os mesmos lugares. Foi quando a secretária iniciou:

— Aos setenta e nove anos um sujeito não precisa de musa para escrever. Eu sempre achei esse cara muito assanhado!

— Nunca se sabe, nunca se sabe — disse cofiando um bigode imaginário o baixinho presidente e de sobrenome curto.

O homem longilíneo de voz rouca e chapéu bem posto acrescentou:

— Nós escolhemos tudo, título do livro, tramas, número de páginas, personagens etc., porém sempre soube que a musa é exclusividade do escritor, é uma coisa íntima, não nos cabe opinar sobre isso.

Daí o presidente — de sobrenome curto, acho que era... sim... agora me veio, Web — lembrou-se de um livro de dorso ocre, volumoso, parecendo dicionário enciclopédico ou algo assim, arquivado na quinta prateleira a contar do chão, no lado oposto ao da porta falsa. Era uma rara versão cigana das *Mil e uma noites*. Levantou-se, pegou o extraordinário volume, folheou-o com algum esforço, e passou às mãos da secretária, recomendando:

— Leia a página 529 em voz alta.

E a velhota obedeceu:

— Lendas ciganas: A musa dos ciúmes.

Ali estava resumida a história de uma bela cigana chamada Lu. Um episódio de amor trágico, em que pontificavam olhares cortantes como adagas de dois gumes, ciúmes de vida e morte, o luzir do ouro e das seduções, violinos e melodia apaixonados, rosas silvestres enfiadas nos cabelos, danças e sapateados vivazes, saias de estampado berrante, nomes de supostos amantes, alegorias de tablados e touradas.

Quando a velhota virou a página que descrevia Lu, uma ilustração da cigana soltou-se do livro e foi cair onde as estantes faziam ângulo reto, no lado esquerdo da assembléia. De repente, a ilustração ganhou forma, corpo, cores e sons. Num átimo que ninguém pôde precisar quanto durou, Lu se converteu em figura humana. De uma beleza sem par. E como tudo nela exalava estranha magia, logo seu vulto descorou os outros matizes do ambiente. Os olhos dos reunidos convergiram para a cigana. Era impossível agir diferente. Percebi, do lado de fora, que sua aparição veio precedida de três toques de sapateado e do estrídulo seco de castanholas a compassar seus movimentos. Pude ver nos seus olhos o magnetismo da paixão.

De repente, falou com forte sotaque andaluz:

— Vocês me tiraram das páginas daquele livro onde estava adormecida na minha história de amor e ciúme. Que querem de mim?

O presidente baixinho era corajoso, e explicou-lhe a minha situação de escritor que já não escrevia. E o desejo dos personagens para que eu voltasse a escrever. Também esclareceu que, de todos os assuntos referentes ao meu retorno à literatura, o único que não haviam tratado, ainda, era o da musa inspiradora. Mas, que ela havia sido indicada, e corrigiu-se, aclamada, para inspirar o antigo escritor, pois somente Lu, a mais bela das ciganas, teria o poder de inspirar histórias de ciúme, de toda parte, e do passado, presente ou futuro. Finalmente, aduziu que não era aconselhável a musa mostrar-se a todos ali de uma vez.

Então, dirigindo-se ao plenário invulgar, o presidente sugeriu discutir a sós com a musa algumas das histórias. Os outros varões protestaram. Os dois generais fizeram um entendimento sobre patentes e antigüidade no posto para também ficarem a sós com a musa, um de cada vez, pelo menos por onze minutos — como era da praxe militar organizar o tempo — e assim confabularem a gosto. O sujeito longilíneo e de chapéu bem posto achou que ele sim, por sua esmerada elegância, deveria ser o primeiro a conversar com a musa em separado. A loura lindíssima, sentindo-se relegada, arrebitou ainda mais seu afilado nariz e fez um muxoxo. A velhota secretária sugeriu que talvez fosse melhor discutirem em conjunto como haviam feito com os outros assuntos, embora admitisse ser grande privilégio privar com a musa. Enfim, Lu já havia acendido em poucos minutos a chama do ciúme entre os personagens.

Depois de inócuas discussões, chegaram à conclusão que o ciúme os dominava. Que não tinham condição de deliberar sobre Lu e muito menos apresentá-la a mim de forma espontânea. O professor de latim tamborilava os dedos num *vade-mécum* e repetia intermitente: "Ex concordia felicitas." (A felicidade nasce da concórdia.)

Foi então que um dos generais, após ouvir cochicho do padre, sugeriu que me despertassem para conhecer a musa, assim sem quês nem mas, em plena assembléia. Porém, nenhum queria se ausentar nem por breve momento de perto de Lu, nem mesmo o padre, nem mesmo as mulheres, sabe-se lá por quais motivos se engendram e movem os ciúmes nos seres humanos.

Presenciando às escondidas o impasse, resolvi que era hora de intervir. Bati três vezes à porta, pedi licença e entrei na biblioteca. Todos se voltaram por fração de segundo para mim, em seguida tornaram a pregar os olhos sobre Lu. Cumprimentei-os com um boa-noite meio insosso, no que fui correspondido com acenos de cabeça.

O presidente baixinho de sobrenome Web apresentou-me a Lu, explicando-me que ela seria a musa do *Livro dos ciúmes*. Resumiu rapidamente a situação, sem desgrudar os olhos de cima da bela cigana. Eu, por mim, permaneci extasiado. Frente a frente com a minha futura musa. Imediata sensação de ciúme me invadiu por estar dividindo sua presença com intrusos na minha biblioteca. Contive-me para não expulsá-los de lá e ficar sozinho com Lu.

Começou então uma grande discussão, todos falando ao mesmo tempo, e a única coisa entendível era que a presença de Lu devia ser exclusiva de cada personagem. Contraditoriamente, achavam que eu só poderia ser inspirado pela cigana se fosse na presença de todos eles, já que haviam tido a idéia do meu retorno à literatura. Num misto de discrição e soberba, eu não quis saber se sentiam ciúmes da musa em relação a mim, ou se de mim em relação à musa. Aleguei que era impossível alguém se inspirar e conseguir escrever na presença de tanta gente, mesmo se permanecessem calados e a musa estivesse por perto.

Finalmente, o presidente baixinho, perdendo a paciência, eis porque desde que o vi recordei não simpatizar com ele, bateu na mesa com a mão aberta, fazendo tremer o líquido do tinteiro. Disse que a assembléia estava encerrada, que se retirariam ato contínuo, e que eu tratasse de resolver tudo sozinho. E, com uma pontinha de inveja, no fundo, no fundo, uma ciumada, enfatizou que em questões de ciúme era melhor não participarem nem mesmo como testemunhas de qualquer das histórias. Todos os personagens concordaram. Levantaram-se apressados, dirigiram-se à porta falsa e desapareceram. Na confusão, não me dei conta de que Lu também sumira. Fiquei alguns minutos estupefato diante da estranha situação. Remexi mente e memória para detectar se aquelas coisas não eram visões da senilidade, frutos da decrepitude se avizinhando. Desanimado, voltei para a cama e, sentindo-me cansado, adormeci.

Na manhã seguinte, a neve desmanchara-se, raios de sol entravam pela janela do quarto quando me levantei. A criada serviu-me suco de laranja valenciana, tomei uns goles de café forte e dirigi-me à biblioteca. O recinto estava tal qual o deixara na noite anterior. Sentei-me à escrivaninha, peguei parte de uma resma, molhei a pena de ganso no tinteiro e pousei a mão de modo que não jorrassem gotas no papel. Fiquei uma hora, duas, três, ali sentado, mas nenhuma idéia conseguia dar impulso à mão. Já estava para me levantar, ir à janela sentir as emanações do dia, quando uma lufada vindo de não sei onde entreabriu a porta. Pareceu-me ouvir a percussão de castanholas. Os dorsos dos livros, um a um, tornaram-se mais brilhantes, as letras mais vívidas. O exato lugar do assoalho onde Lu aparecera na noite anterior estremeceu levemente. Eu sentia que ela estava de novo ali, irradiando inspiração. Por incrível que possa parecer, sem nenhuma explicação plausível, senti ciúmes de mim mesmo, do jovem que morou em mim, do moço galante que fui outrora. E enciumado, comecei a escrever.

No dia seguinte, a musa me soprou esta história, que adaptei aos tempos e quadrantes da vez:

Um manual quase perfeito

Anthony Parker era conhecido como protótipo de homem bem-sucedido. Apenas entrado nos quarenta, tinha feito da vida uma história de sucesso. Não o tipo de sucesso descrito em livros autobiográficos de capa dura e miolo indigesto como é o que acabam fazendo alguns gloriosos homens de *marketing*, empreendedores de megaprojetos, advogados de gente famosa, especuladores de bolsas, fundadores de religiões pragmáticas, ou lobistas internacionais sob soldo de governos. Tampouco aquele padrão de sucesso construído sob luzes de Hollywood ou focos da Broadway, na janelinha insidiosa da TV, em capas de revista, estádios esportivos, ou à sombra de prêmios milionários contemplados por famosas fundações à guisa de incentivo às artes, ciências, ao bom comportamento, e a isso e àquilo.

Há tempos seu nome conquistara espaço no índice da letra "A" numa volumosa edição bianual do *Quem é quem* em cinco idiomas. Contrariando padrões de analistas especializados em gente que alcançara o sucesso, Anthony Parker, além de ter sido sempre uma espécie de gênio ou fenômeno pessoal, tornou-se experto num matiz do comportamento humano que provocava polêmica em meios acadêmicos, barras de tribunais, ambientes de trabalho, cafés, bares, restaurantes, lares, escolas, praticamente toda parte. Mas foi sobretudo convencendo pessoas de qualquer sexo a acreditar que poderiam viver melhor se aprendessem determinadas atitudes psicossociais de defesa, convivência ou enfrentamento, nesse mundo moderno de desafios diários imprevisíveis, que seu prestígio e credibilidade floresceram.

Anthony Parker traçou, atingiu e consolidou o sucesso transmitindo seus conhecimentos através de palestras, aulas, conferências (é verdade que publicara uma dezena de livros e centenas de artigos) a pedido de empresas, bancos, bolsas, universidades, quartéis, fábricas, escritórios, clubes, paróquias e associações de todo tipo, sobre esse assunto tão antigo quanto o mundo animal: "Assédio sexual." É claro que dito assim em seco, sem nenhum molho de retórica, o tema não chega a neutralizar odores de vulgaridade.

A princípio pode parecer exagero que especialização em "Assédio sexual" fossse capaz de elevar o prestígio de um cidadão aos píncaros do reconhecimento social, tanto no inteiro bolo das massas quanto em fatias das elites. Mas essa configuração do sucesso com estigma democrático valorizava ainda mais o currículo e perfil do especialista, além de agregar milhares de dólares à sua já polpuda declaração de renda. E como foi o primeiro (tal primazia teria sido também reclamada por dois franceses e um italiano) a detectar que o "Assédio sexual" se tornaria assunto dos mais conflitivos no gerenciamento da sociedade industrial, Anthony Parker dissecou e esgotou a temática de modo científico e interdisciplinar, exatamente como convinha às exigências da civilização no início do terceiro milênio.

Exceto em mapas astrais encomendados a preço de promoção, o sucesso genuinamente pessoal não se constrói da noite para o dia. E ninguém podia afirmar que Anthony Parker chegou lá somente por seu conhecimento de leis e outros cânones onde se firmaram instituições da sociedade contemporânea. Mais que isso lhe valeram a amplitude do seu saber científico, sua vasta cultura humanista e notável inclinação para sistematizar qualquer tipo de assunto. De fato, dominar as fronteiras do mundo jurídico, conhecer espírito e aplicação das leis, evolução dos costumes, preconceitos derrubados por movimentos de minorias, bem como os rumos que a temática "Assédio sexual" vinha tomando num mundo globalizado pela informação e pelo intercâmbio comercial, tudo isso podia ser tratado convenientemente por qualquer escritório especializado de advogados sérios.

Neste ponto, convém esboçar as origens que favoreceram o vasto conhecimento de Anthony Parker, de agora em diante Anthony, para que o conheçamos numa proximidade compatível com a natureza da história.

Por menos que se queira admitir, prévias condições familiares podem não ser determinantes, mas que colaboram na arquitetura do sucesso ninguém discute. Filho de pais bibliófilos burguesmente instalados na vida, mas com a mente arejada, esses fatores contribuíram desde cedo para a excepcional formação de Anthony. Realmente, logo adquirira sólidos conhecimentos de direito, história, antropologia, psicologia e filosofia. E lera vasta bibliografia sobre comportamentos sociais comparados de culturas diversas. Só muito posteriormente se soube que também pesquisara correspondência privada de grandes vultos da Psicanálise apenas liberada por seus herdeiros interessados na divulgação de aspectos científicos dos documentos e naquilo que, soa daqui, soa dali, não interessa vir ao domínio público.

Na formação de Anthony, ainda sobressaía o fato de que, antes dos quinze anos, já havia lido quase dois terços da biblioteca de oito mil e quinhentos e vinte e nove volumes que seus pais armazenavam com intelectual orgulho. Tamanho repositório de leitura constituíra façanha da qual Anthony, com aquele sem jeito peculiar dos gênios, não escaparia de demonstrações a familiares e amigos, a pedido dos pais e sob o ciúme dissimulado dos irmãos, durante as celebrações do Dia de Ação de Graças ou em outras datas festivas. Nessas ocasiões, o futuro homem de sucesso tinha de rebuscar sua privilegiada memória e recitar salmos e versículos das Sagradas Escrituras, trechos da poesia de Poe ou Whitman, artigos originais da Constituição (extraídos de cópias das laudas manuscritas pelo perseverante Benjamin Franklin) ou outra proeza enciclopédica que podia se referir tanto à marcha para o Oeste como a descrições de batalhas da Guerra Civil. Tudo envolto no construtivo e proverbial espírito dos torneios domésticos que acabam por enfadar os menos pacientes, constranger infalivelmente os perdedores e mandar para casa mais cedo os convidados não afetos ao entretenimento.

Durante o período escolar e o segundo grau, Anthony estava tão absorvido no mundo dos livros que pouca atenção prestava ao ambiente em volta, embora mais tarde tivesse de desarquivar lembranças de jovens que cansadas de insinuarem sua sexualidade pelos sinais convencionais que todo mundo logo identifica quais são, acabavam perdendo a paciência com ele e passavam a adotar atitudes comprometedoras ao decoro. Tanto foi assim que, em mais de um resfriado invernal, Anthony acabou assoando o nariz em peças femininas colocadas furtivamente nos bolsos do seu sobretudo, geralmente por uma ruivinha com sardas e franja. Essa desatenção ao "Assédio sexual" das jovens não chegou a interferir nas reações emocionais do futuro homem de sucesso, visto que a decodificação desses sinais mundanos aparece em cada ser humano no tempo certo, ainda que nem sempre se possa afirmar o mesmo quanto à propriedade anatômica do lugar onde surgirá a incontrolável manifestação.

Sua passagem por universidades serviu mais para enriquecer registros de recordes de notas máximas em exames nas respectivas instituições e no seu próprio currículo oficial do que lhe propiciar conhecimento acadêmico. Verdade que, nas horas vagas, a curiosidade de Anthony levou-o a pesquisar áreas da anatomia, química orgânica e até neurologia, terreno onde dissecou, movido sabe-se lá por que, os mecanismos das emoções e seus liames com o comportamento sociossexual dos indivíduos.

Foi no convívio universitário que Anthony despertou vivamente seu interesse para as urdiduras da sexualidade, logo concluindo genialmente que, mal ou bem, de modo civilizado ou não, a energia motriz do sexo é que tem sido a fonte renovadora de expectativas, esperanças e perpetuidade da espécie humana, sobrepujando qualquer outro tipo de comportamento social, vontade política, invenção tecnológica, milagre econômico, descoberta científica, mudança climática ou fé religiosa.

Anthony percebeu que tanto ele quanto seus pares haviam atingido faixas etárias em que o amadurecimento das emoções ligadas ao sexo permitiam vasto campo de observação, oportunidade de experimentação e fecundo aproveitamento prático, principalmente levando em conta a convivência entre elementos de raças, culturas e grupos sociais diversos. Foi nesse ambiente que a configuração do "Assédio sexual" começou a assumir contornos cada vez mais nítidos na percepção de Anthony, e tudo leva a crer que, já nessa época, haja intuído a crucial importância que a temática iria ter no dia-a-dia das pessoas, no futuro das organizações e da sociedade em geral. Sendo tão rica essa fase de experiências e descobertas no esplendor da juventude, qualquer tentativa de lhes retratar o fascínio somente empobreceria o *glamour* das fantasias onde se meteu o jovem Anthony. Além disso, todo mundo sabe ou acaba sabendo como essas coisas se iniciam, fazem, repetem (caso a caso) e terminam.

De fato, essa fase proporcionou-lhe enorme enriquecimento pessoal. Reuniões sociais, celebrações de feitos esportivos, festas de aniversário, pequenas viagens, estudos em grupo, debates, pesquisas de campo enxertados de namoricos, além de reforçarem sua auto-estima, concederam-lhe o instrumental indispensável para testar a teoria acadêmica na prática da vida. Assim, analisando o próprio comportamento e o do círculo de pessoas de suas relações, pôde observar os mais variados mecanismos e condições que compõem o universo do "Assédio sexual": atitudes de ataque e defesa; reações favoráveis, desfavoráveis ou neutras; insistência, persistência e desistência; assédios evidentes ou dissimulados; interesses diretos ou paralelos; estímulos, criatividade, fantasia, decepção, medo, e um extenso elenco de situações que Anthony iria sistematizar, como veremos adiante, no seu famoso *Manual de prevenção e controle do assédio sexual*, daqui por diante simplesmente *Manual*.

Tão obsessivo se tornou o seu interesse pela especialidade que, cumpridos os ciclos universitários, Anthony viajou durante dois anos e meio por vários países, com espírito exclusivamente pesquisador. Estudou culturas monogâmicas e poligâmicas, independentemente das respectivas condições econômicas. Comparou comportamentos sociossexuais dos indivíduos, no trabalho e no lazer, segundo nacionalidades, quociente intelectual e tipos sanguíneos. Entrevistou pessoas de diversas faixas etárias e preferências sexuais em cidades, vilas, florestas, montanhas, estepes, no campo e deserto, em tempos de paz ou guerra.

Sempre ávido de conhecimento, também estudou o comportamento sexual de espécimes inferiores na escala zoológica, por força de raciocínios associativos presentes no espírito científico, ou por suspeitar que o estigma do "Assédio sexual" nos seres humanos tivesse maior componente instintivo que racional. Desse modo, canto de cigarras, ferroadas de escorpioas, vôo suicida de zangãos para fecundar a abelha-rainha, cortejo entre cavalos-marinhos etc., todos esses comportamentos pareciam-lhe ter uma razão de ser não muito diferente do que acontece entre os racionais. Em suma, entendia essas manifestações como estímulos imanentes a todos os degraus da natureza animal. Talvez por isso que, em artigos polêmicos, iria comparar casos de pessoas de compulsivo comportamento sociossexual com certas reações incontroláveis de outros espécimes menos evoluídos. Como era o caso de situações vividas por certas pessoas que passam de tímidas a audaciosas e vice-versa, ou que vivendo no ostracismo se transformam em verdadeiros predadores sexuais. E vice-versa.

E porque faz parte da cultura das sociedades abertas dar oportunidade de aprimoramento a todos os que podem chegar ao ápice, quando Anthony regressou dessas viagens, decidiu aprimorar-se ainda mais. E cumpriu estágios semanais englobando vinte e sete indústrias e escritórios com perfis distintos, três bancos, uma bolsa de mercados futuros, duas organizações religiosas, uma repartição do serviço público, e ainda dois quartéis. Na maioria desses estágios atuou como voluntário, ou a soldo simbólico, porque lhe interessava mesmo era a oportunidade de observar os ambientes de trabalho, colher material para seus estudos especializados e finalizar o *Manual* que acabaria tão famoso quanto o autor. Mas essa fase não passou despercebida aos olhos de arguto empresário, dono de pequena fábrica de sutiãs "*extra-large*" onde havia acontecido mais de um caso de "Assédio sexual". E foi entre linhas de produção de sutiãs que Anthony teve de interromper o estágio e assinar o seu primeiro contrato como profissional independente.

Anthony comprovou estatisticamente que os ambientes de trabalho reuniam mais condições favoráveis para manifestação dos diversos tipos de "Assédio sexual" do que qualquer outro ambiente social decentemente freqüentável. Daí texto com esse teor foi parar na introdução do *Manual*: "Em primeiro lugar, é no ambiente de trabalho que as pessoas passam a maior parte do seu tempo ativo diário e, muitas vezes, mais próximas entre si do que em seus lares. Depois, ali são obrigadas a relacionamentos hierarquizados, onde *status*, antigüidade no posto e experiência funcional assumem forma de poder de pressão capaz de influir não só no desempenho profissional, mas também sobre as facetas da personalidade com seu conjunto de ambições, carências, identificações, transferências e fantasias."

O *Manual* dedicava vários capítulos aos muitos tipos de influências que o ambiente de trabalho exerce no comportamento das pessoas, o qual, segundo Anthony, pode criar e mesmo determinar clima propício ao "Assédio sexual". Nessa miríade de elementos, Anthony ressaltava certa expectativa que as pessoas têm umas sobre as outras quanto ao cumprimento de horários da jornada de trabalho — entrada, intervalos para almoço, cafezinho, saída etc. Segundo o *Manual*, a administração do tempo despendido no ambiente de trabalho exerce rito marcante no comportamento das pessoas, fascinando-as, principalmente quando há latente interesse de alguém por alguém que chega, tarda, não chega, não vem ou se vai. Outro ponto relevante do *Manual* era o *layout*: "A distância entre as salas, mesas, computadores, telefones, e o espaço para circulação, a posição dos banheiros, dos armários, e ainda o modo como as pessoas são dispostas geometricamente no convívio diário constituem elementos preciosos na prevenção de casos de assédio."

Seria inqualificável tentar esgotar as *nuances* do elaboradíssimo *Manual* em breves descrições, mas vale registrar o seu esmero em cobrir praticamente todas as situações possíveis de desencadear processos de "Assédio sexual" no trabalho. Em verdade, esse era um dos fatores que mais haviam influenciado o extraordinário sucessso da coletânea: seu raio de abrangência e, concomitantes, as minudências a que descia sob o ângulo prático. Isso era patente, por exemplo, na descrição do caso de expectativas dos trajes femininos serem menos ou mais ousados que na véspera, pois dizia o *Manual*: "As expectativas diárias de como se vestirão as mulheres, além de constituírem elemento catalisador para atitudes de assédio, ainda geram queda de produtividade no lado masculino." Daí, sob conselho de Anthony, muitas empresas terem aderido ao uso de circunspectos uniformes, sem chegar ao exagero daqueles utilizados por tripulações de determinadas companhias aéreas.

Logicamente o *Manual* previa ainda mil e uma situações em que ambientes de trabalho se tornam espécie de arena onde assediador e assediado convivem e toureiam. E fosse por motivo de prevenção, fosse para controle dos responsáveis, praticamente tudo sobre "Assédio sexual" estava ali sistematizado: locais e horário de maior incidência dos casos; cores das roupas influenciáveis; estação do ano, época do mês, dias da semana e fases da lua mais favoráveis; idade, estado civil, signos astrológicos, tipos de tarefa, gesticulação, postura, modo de falar, de andar, de sorrir e qualquer outro elemento suscetível de caracterizar assédio propriamente dito. Tanto requinte de qualificação só a mente privilegiada de Anthony poderia ter elaborado.

Mas o documento ganhava em realce mesmo era com a presença física de Anthony expondo-o em aulas, palestras ou conferências. Nessas ocasiões, criador e criação, juntos, chegavam às raias da perfeição, embora Anthony não fosse nenhum esplendor de oratória, nem tivesse aquele domínio de cena peculiar aos artistas. Mas sua personalidade transmitia credibilidade, exalava sucesso, e seu senso de humor no trato com a seriedade do assunto tornava esses eventos imperdíveis mesmo que não tivessem sido contratados a peso de ouro por assustados dirigentes.

Geralmente, Anthony deixava suas platéias assombradas quando, após exemplificar determinada situação de assédio, afirmava enfaticamente "que tais desvios de comportamento poderiam ocorrer em qualquer parte do mundo, pois tudo relacionado a sexo tem cunho universal e é uma característica atávica do ser humano". Com isso queria demonstrar que mesmo a mais leve insinuação masturbatória poderia ocorrer com um político americano ou alemão, mecânico brasileiro ou mexicano, desenhista espanhola ou austríaca, pesquisadora chinesa ou sul-africana, e assim por diante.

Apesar de doutor em leis, nunca se interessara por caso de assédio do ponto de vista eminentemente jurídico, nem se engajara em julgamentos e tribunais. Valia-se de conhecimentos legais apenas para fundamentar ensaios e certificar-se de assédios consumados em empresas que o contratavam. Só atuava para tratar do lado preventivo e comportamental da questão. Obviamente que trabalhos de prevenção bem-feitos resultavam incremento de custos, porém a médio prazo evitavam problemas de imagem, de credibilidade e vultosas despesas com indenizações. No trato de tão complexa matéria, ele sempre lembrava a supervisores e responsáveis por ambientes de trabalho a necessidade de se conhecer a sutileza que diferencia o "Assédio sexual" do simples "caso" entre dois seres que se atraem. E para reforçar a irrefutável introdução do *Manual*, dizia com uma pitada de ironia "...já vai longe o tempo em que as pessoas eram prometidas dinasticamente ainda no berço, valendo favores em armas, terras, castelos, escudos, brasões e afins". E arrematava: "Na sociedade moderna é inevitável que o ambiente de trabalho se transforme no palco onde freqüentemente ocorre um dos espetáculos mais sugestivos da natureza — a atração entre pessoas. Daí professores envolverem-se com alunas, diretores com secretárias, chefes com funcionárias, pilotos com tripulantes, religiosos com fiéis, supervisores com subordinadas, patrões com empregadas, médicos com enfermeiras ou clientes, carcereiros com presidiárias, advogados com quem for mais promissor, políticos com... e assim por diante e vice-versa."

Desse modo, entrava ano e saía ano, Anthony cumpria a curva ascendente que dele se podia esperar, de contrato em contrato, palestra em palestra, êxito em êxito. O produto dessa seqüência também se traduziu em progressivo aumento de prestígio e reconhecimento pessoais, desde o primeiro contrato com a indústria de sutiãs.

Mas a vida não é nem pode ser como num manual. Por maior mérito, gênio e aplicação que alguém possa ter dedicado a todos os seus passos. Mesmo Anthony Parker. Talvez porque o melhor da vida seja o seu quinhão de surpresa — sua reserva de desconhecido. Ou porque essa espiral de fatos, feitos e quefazeres se alçando de um ponto no passado para nunca mais voltar ali é, de fato, o que rotulamos de vida. E nela nada é mais instigante do que submeter todos, pobres ou abastados, geniais ou medíocres, bons ou maus, às leis imponderáveis do acaso. Ou do próximo minuto.

E o acaso bateu à porta de Anthony após uma salva de palmas, ao encerrar palestra para cento e cinqüenta empregados de empresa financeira onde havia ocorrido três casos de assédio no último semestre (e todos foram parar nos tribunais). Pior ainda que, por efeitos da mídia, a opinião pública tinha sido mobilizada para o assunto. Preocupadíssimos com a imagem da empresa, os dirigentes consultaram seus próprios consultores que consultaram consultores externos, os quais consultaram Anthony Parker. Então, foi assim que o maior especialista em prevenção e controle de "Assédio sexual" se engajou na situação que veremos a seguir.

Depois de discutirem, à luz do *Manual*, os três casos de assédio ocorridos no último semestre, e de esgotarem os pontos fortes e pontos fracos da empresa visando estabelecer entre empregados, dirigentes, fornecedores, fiscais etc., atitudes psicossociais de prevenção e controle do "Assédio sexual", chegara a fase reservada às perguntas dos participantes. Sim, aquela horinha quando as pessoas se levantam com ar sutil de que não foram completamente amestradas pelo palestrante e seus métodos, declinam nome e cargo (já estampados num crachá, mas de difícil leitura a mais de metro e meio de distância) e disparam suas questões no microfone.

Após responder onze perguntas entre delicadas e escabrosas, sempre com a maior desenvoltura e respaldado pelo *Manual*, Anthony polidamente se manifestou quase em tom de despedida, como de resto perceberam os freqüentadores habituais de seminários, conferências e eventos afins:

— Mais alguma pergunta?

As leis do imprevisível baixaram dos céus na oitava fila do auditório pela boca de uma mulher vistosa, tez morena, cabelos compridos jogados por cima dos ombros, possivelmente com estudada displicência, microfone e regras do jogo em riste:

— Eu sou Janete Bruswick, supervisora de departamento, e tenho uma pergunta, Sr. Parker, já que não encontrei resposta no *Manual* distribuído aos participantes, nem a questão foi levantada nas discussões — disse com voz vigorosa.

— Muito bem Janete, qual é a sua pergunta? — apressou-se Anthony, ligeiramente desconfiado com a menção negativa ao *Manual*.

— Bem, estou muito à vontade pra perguntar, porque se trata de caso concreto comigo mesma.

Nessas alturas, metade da platéia esboçou um sorriso malévolo, e a outra metade, curiosa, espichou o pescoço pra ver melhor quem perguntava, incluídos os apressados que já se mexiam, arrumando o material distribuído, loucos pra ir embora.

— Em frente, Janete! — comandou Anthony, aparentemente também à vontade.

— Sabe, Sr. Parker, é que presenciei cenas de dois desses casos de "Assédio sexual" discutidos e..., como vou dizer, bem... é que senti ciúmes da vítima... um ciúme incontrolável. Queria saber se esse ciúme é... uma coisa normal?

— Eis uma pergunta complexa! — disse Anthony, ligeiramente enrubescido mais pelo fato de o *Manual* ser omisso na questão do que pelo inusitado da pergunta. — E que diabo de ciúme essa moça foi arranjar! — conjecturou.

Mas um homem preparadíssimo para o sucesso tem sempre respostas. Mesmo porque, diante da questão, o ambiente no auditório parecia agora dividido em torcidas organizadas. Embora nesse mundo de hoje raramente alguém se sensibilize perante absurdos, a parte da platéia com sorriso malévolo arregalou olhos concupiscentes em direção à postulante, e a outra parte exalou um "Oh!" de indulgência ao palestrante, também aí incluídos os apressados.

Anthony continuou:

— Vamos examinar bem sua pergunta e dissecá-la. Em primeiro lugar, você diz que sentiu ciúmes da vítima quando presenciou as cenas de assédio. Ora, Janete, o ciúme é uma manifestação do comportamento afetivo tão antiga quanto o "Assédio sexual", talvez tenham até a mesma idade, e ambos aparecem em outras espécies do mundo animal. A ciência explica que o ciúme é um sentimento doloroso, onde há o desejo de posse da pessoa amada, ou suspeita de infidelidade dessa pessoa, ou o receio muito acentuado de sua perda... Bem, isso sendo encarado como, digamos, um "ciúme normal", porque o ciúme obsessivo e incontrolável passa à esfera patológica, e foge ao nosso objetivo aqui. Está me acompanhando?

— Claro, claro — manifestou-se Janete de modo simpático.

— O ciúme também em certos casos está relacionado com a inveja que uma pessoa tem de outra, por motivo de competição, de rivalidade, e esse tipo de ciúme é encontrável nas organizações, onde há carreiras a disputar, postos de trabalho mais bem remunerados, mais poder, *status*, e outros valores típicos. E eu presumo seja o tipo de ciúme que deva ter se manifestado nas situações que mencionou, talvez um ciúme mais chegado, digamos, à disputa, ou à necessidade de chamar atenção, de desejar notoriedade... Falo em tese, e embora seja terreno mais para psicanalistas, acho que, nesses casos de desvios da conduta padrão, poderia haver interesse inconsciente do ciumento pelo que a pessoa assediada representa — uma espécie de inveja, ou mesmo alguma transferência de sentimentos agressivos para o assediador — dissertou Anthony, de forma convincente.

— Tudo que senti foi ciúme da vítima, uma sensação incontrolável... já comentei isso com meu analista — ponderou Janete, a voz menos vigorosa.

Mas Anthony, agora falaria de forma generalizada, como convinha a um experto, para não embaraçar Janete em público nem deixar de matar a pau a questão, preservando o prestígio do *Manual*:

— Reitero a atenção de vocês para o que expõe o *Manual* na página 105 "...é fundamental que no ambiente de trabalho as pessoas adotem pré-atitudes de defesa, de modo claro e transparente, para inibir ou neutralizar o arsenal de artifícios utilizados por provável assediador". Guardem bem uma das máximas mais importantes do *Manual*, na página 115: "*A consecução do 'Assédio sexual' é quase sempre o clímax de uma situação prévia elaborada pelo assediador, e não raro já do conhecimento da vítima.*"

E continuou:

— Com isso quero dizer que a pré-atitude funciona bem na quase totalidade dos casos em ambientes de trabalho, porque a estratégia do assediador tem parâmetros definidos de comportamento, e à qual o assediado pode contrapor-se permanentemente neutralizando-o de início. Se fosse possível comparar o processo do assédio com o do ciúme, hipoteticamente, a dois artefatos de guerra, diríamos que o "Assédio sexual" pode ser evitável porque seu objetivo é explodir sobre alvo determinado. Já o ciúme é imponderável porque sua finalidade não é clara; o ciúme pode ficar em permanente expansão, corroendo a si próprio ou consumindo a vítima, ou dando voltas em torno da sua infelicidade sem explodir nunca.

E encerrou:

— Nenhum ser humano em parâmetros normais resiste continuadamente a ataques de ciúme de quem quer que seja: mãe, pai, irmão, amante, cônjuge, companheiro, vizinho etc. Mas é na relação amorosa e sexualmente completa que quando o ciúme aparece se torna um sentimento terrível, porque o ser ciumento é infeliz, inseguro, confunde o amor com a posse do ser amado, teme perder o outro, ou num extremo de egocentrismo, perder-se a si mesmo. E se vai num crescendo vira caso patológico, deve ser posto nas searas competentes. Nos ambientes de trabalho, repetindo, o campo que nos interessa, casos de ciúme da vítima assediada poderiam ser enquadrados mais como desejo inconsciente de notoriedade, de chamar a atenção sobre si... De todo modo sugiro a Janete aprofundar o assunto com um analista.

— E perpassou-lhe sensação estranha quando o seu olhar se cruzou com o de Janete.

— Muito obrigada, Sr. Parker — disse Janete, agora parecendo a Anthony ligeiramente afetada.

Encerrado o seminário, Anthony autografou alguns manuais, caminhando sempre em direção à saída, dirigiu-se ao estacionamento, pegou o carro e dirigiu 30 quilômetros até chegar à esplêndida casa onde vivia, nos arredores de Chicago. Pensou em Janete. Na coragem de dizer aquilo publicamente. E pensou que teria sido melhor, muito melhor, se ela tivesse esperado o seminário acabar e falado com ele, a sós, sobre aquela questão do ciúme no caso de assédio. A imagem de Janete só se desfez quando desligou os faróis. Deixou o carro na garagem e por uma porta interna passou ao pequeno corredor que levava ao *hall* de entrada da casa. Lá estava sua mulher, elegantemente vestida, maquiada e perfumada como se fossem jantar fora.

— Você está vinte minutos atrasado, hoje querido — disse Alyssa, manchando-lhe o rosto com duas curvas de batom.

— O seminário atrasou um pouquinho na fase de perguntas, descobri uma lacuna no *Manual*, um detalhe... — respondeu Anthony, parecendo ainda pensativo.

— Aconteceu alguma coisa? Estou achando você com um ar diferente. Deixe-me aqui sua pasta, ela tem sua hora, venha, venha, vamos tirar esse terno de um dia inteiro de trabalho, não vamos mudar em nada nosso ritual diário só porque você se atrasou um pouquinho por causa de um detalhe no *Manual*. Morro de ciúmes desse *Manual*!

Subiram as escadas para o segundo andar, Alyssa levando a pasta na mão, abraçando-o pela cintura. Quando chegaram ao quarto, examinou-o de cima a baixo e começou a tirar-lhe as roupas, revirando e cheirando cada peça, da gravata às meias. Quando Anthony pôs-se completamente nu, examinou-lhe a pele do corpo inteiro. Primeiro com os olhos, depois tateando seus dedos finos e ágeis na pele branca do marido, a contrapêlo, como se procurasse algo entre os fios.

Alyssa sempre vestida, empurrou-o mansamente para a cama, deitou-se sobre ele, entrecortando de beijos sonoros a sua fala mansa:

— A sua ruivinha já respondeu toda a sua correspondência, inclusive o *e-mail* de hoje... Preparei a banheira com água quente e sua espuma preferida... Separei um vinho especial para o nosso jantar, já está tudo pronto, dispensei os empregados pra ninguém incomodar... Depois do jantar, vamos assistir aos desenhos animados daquela coleção completa de vídeos que encomendei... Eu não suporto ver você olhando essas apresentadoras de TV... Agora, enquanto vou dando umas beijocas e uns deliciosos chupões, você vai me contando como foi o seu dia, com quem você falou, se alguma mulher se insinuou pra você, quem lhe telefonou... Mas você hoje ainda não abriu a boca nem pra dizer que me ama? Só por causa de um detalhe que faltava no *Manual*?... Vamos meu tesudo, abre o fecho do meu vestido... Isso, isso... não se preocupe com o *Manual*... Você sabe que eu adoro o meu homem bem-sucedido, autor do quase perfeito *Manual de controle e prevenção do assédio sexual.* Vamos, Anthony, fale alguma coisa!...

— Está bem minha ruivinha, fiquei pesaroso por não ter aberto um capítulo para ciúmes no *Manual* — disse Anthony, querendo relaxar-se.

E como o acaso ou próximo minuto não podem ser previstos nem pelo maior homem de sucesso, nem por um *Manual* quase perfeito, a campainha do telefone soou.

— Tinha de acontecer um dia, pela primeira vez esqueci de desligar o telefone — disse Alyssa, constrangida, saindo de cima de Anthony.

— Eu atendo — falou impulsivamente Anthony, como se pressentisse alguma coisa. E o diálogo foi seco:

— Alô, aqui é Anthony Parker.

— Aqui é Janete Bruswick, do seminário desta tarde, desculpe incomodá-lo em sua casa, peguei o número do telefone no *Manual*..., só queria dizer-lhe isso, há coisa de uns dez minutos comecei a sentir por você aquela mesma incontrolável sensação de ciúmes que tive nos dois casos de assédio lá na firma... Bem, você sabe do que estou falando, desculpe, estou morrendo de ciúmes, mas de qualquer modo essa informação pode ser útil para o seu *Manual*... Boa noite!

No dia seguinte, a musa me soprou esta história, que adaptei aos tempos e quadrantes da vez:

A culpa

PEDRO, quarenta anos, claro, típico sujeito da classe média conservadora, de família bem formada e nome tradicional, tinha no currículo: bom colégio, inglês razoável conseguido em programa de intercâmbio cultural, serviço militar irrepreensível, carteira de motorista sem restrições, faculdade de economia com certa credibilidade, estágios em empresas até então incólumes ao neoliberalismo, católico na hora de preencher quadradinhos de pesquisas, assaltado somente cinco vezes sem maiores danos, aparentemente bem casado, não chegado a prevaricações, vivendo do seu próprio negócio nesses tempos heróicos de economia globalizada. De fato, na sua pequena corretora de câmbio ganhava o suficiente para manter o padrão de vida herdado dos pais, e até melhorá-lo, apesar de que, ultimamente, os gastos domésticos haviam crescido tanto quanto as três filhas mulheres, lindas, pré-adolescentes, mas de consumismo precocemente amadurecido. Conseguira comprar um bom apartamento de quatro quartos num prédio próximo à praia, onde a infra-estrutura de condomínio com três guaritas de segurança, piscina, *playground*, saunas, parque infantil, ciclovia, churrasqueiras, duas garagens etc. funcionava cinqüenta por cento tão bem quanto no anúncio que o levou ao estande de vendas há coisa de cinco anos. Não podia dizer que vivia às maravilhas, mas dava pra ir ficando ao largo da grande massa. Não tinha muito tempo, honestamente tempo nenhum, para pensar em problemas sociais, que com toda certeza eram seara e ofício de políticos e ele não tinha nada com isso. Construíra seu mundinho, sentia-se útil e seria feliz não fosse o que vem a seguir.

JOANA, trinta e oito anos, morena, bonita, educada em colégio de freiras, formada em arquitetura que logo abandonou nem bem começara a trabalhar. Conheceu Pedro numa excursão à Europa e, pronto, desenquadrou seus planos e perspectivas, acabou mesmo num projeto familiar: marido, filhas e administração do lar — expressão que arquivou o romantismo das "prendas domésticas". De raciocínio rápido, contrastando com fisionomia doce, vivia honesta e exclusivamente para a família. Mas como tudo na vida não é perfeito, e sempre há uma nódoa, um porém que turva as melhores estruturas familiares, Joana era ciumenta. Muito ciumenta. Tão ciumenta que em estado possesso, fazia aquele triste e ridículo ritual de cheirar o marido quando chegava do trabalho, verificando se este tinha algum odor diferente, marca na epiderme ou nas roupas, indagando as coisas mais absurdas sobre o expediente, apesar das várias ligações em pleno horário operacional para o celular de Pedro. Joana, nessas ocasiões, tinha a fisionomia amarga, visivelmente transtornada. Como todos os ciumentos modernos, seguia a lógica de um mundo devassado por pesquisas e estatísticas, e assim imaginava que o marido a traía com alguém do ambiente de trabalho. Também por lá aparecia duas a três vezes por mês à procura de amantes falando doçuras ao pé do ouvido do marido, visitas incertas nas quais flagrara Pedro engalfinhado com nada menos de três, quatro, cinco, às vezes seis telefones, dando e recebendo cotações de negócios, e os olhos fixos em dois terminais de computador, calculadora em ação, tentando o melhor para a fiel clientela da corretora já com doze anos no mercado.

Cansada de mergulhar nos remoinhos da mente, e desapontada por nunca ter logrado sucesso nas visitas à corretora, ou seja, jamais ter apanhado o marido com a possível amante em pleno local de trabalho, Joana afundou no subconsciente da arquiteta de outrora. Deslocou o meridiano, ou o raio, talvez o ângulo do seu sofrimento para as proximidades de casa. Então, começou a engendrar uma situação que culminou na parábola a seguir. Taxativamente: elaborou intrincadas malhas de ciúme, envenenando-se com a suspeita de que Pedro tinha como amante uma vizinha do prédio, provavelmente a mulher do andar de cima; a moradora do apartamento 702 que para ali se mudara havia coisa de meses. No seu mar de dúvidas, sete meses, seis meses, cinco meses...

Pedro logo comprovou que o grau de longitude das agruras ciumentas da mulher havia se deslocado. Foi numa noite após o jantar, naquele triste período que as emissoras de televisão chamam de horário nobre. Isso, isso, quando se noticiam as barbaridades e tragédias acontecidas no país e no mundo e que servem de impacto anestésico para a programação seguinte, geralmente novelas. Joana esperou as filhas procurarem seus entretimentos e obrigações pré-adolescentes. Ato contínuo abriu novo *front* conjugal. Começou com tom de voz quase natural.

— Pedro, eu já reparei como vocês se olham no elevador...

— Mas Joana, de quê você está falando! — respondeu Pedro sem interromper o que estava fazendo, ou seja, apertando em escala ascendente os botões do controle remoto da TV a cabo, procurando um canal que apresentasse qualquer coisa relaxante.

— Não é de quê, é de quem, e você sabe muito bem, vocês dois saem e chegam mais ou menos no mesmo horário, eu escuto quando ela abre a porta do apartamento aí em cima e anda pelo corredor. — Joana agora já falava bem mais alto.

— Escuta, criatura desnaturada, de quem você está falando? — Pedro tinha cabeça de operador. Raciocinava rapidíssimo. Tanto, que era muita coincidência ter chamado a mulher de criatura desnaturada exatamente quando parou de movimentar o controle remoto no momento em que apareceu na tela uma exploração submarina mostrando estranhos habitantes de regiões abissais.

— Ela está sempre de salto e terninho. Você é um fingido! — Agora já se ouvia a voz de Joana ecoar pela área de serviço do prédio. — Sabe muito bem que estou falando dessa executiva sem-vergonha do 702! Homem adora caso com executivas, deve dar *status* no universo machista...

— Mas não é possível que a sua imaginação seja tão exuberante, pra não chamar de porca! Você devia fazer *scripts* de novela, filme, sei lá... Até o mês passado você jurava que eu tinha caso com as operadoras da corretora... Agora inventa essa história maluca. Você realmente precisa de um tratamento psiquátrico urgente! Ninguém pode viver com uma pessoa tão...

— Tão ordinária como você! Com uma amante no prédio onde mora, não respeita nem as filhas... isso é coisa de enlouquecer qualquer mulher!

Aqui, convém uma pausa explicativa. Nessas horas de discussões conjugais por motivo de ciúme exacerbado, e sabem disso aqueles que viveram tal experiência, o pensamento torna-se arma de ataque e defesa, ágil e cortante, praticamente não dando tempo para reflexões, de modo que o bate-boca muitas vezes chega à crueldade num ou noutro lado, e em alguns casos atingindo ambas as partes, ferindo-se inocentes e culpados (se houver), uma classificação se não justa, pelo menos identificadora dos sofredores da espécie. Pausa suspensa.

Nessa altura, Pedro respondeu já com a paciência por um fio:

— Olha, Joana, assim não dá pra continuar junto, nem santo resiste... Depois de um dia estafante tentando dar o melhor pra família, querendo relaxar em casa, ver um vídeo, um musical, um futebolzinho... E olha só com que você me vem, com uma história ainda mais maluca que as outras. Eu já estava desconfiado, tem quase um mês que você não aparece na corretora!

— Viu como você tem culpa no cartório? Controla até as datas das minhas visitas!

— Culpa? Eu? Claro que controlo as datas, você não sabe que eu sou operador de câmbio, vivo de moeda que vai ser vendida ou comprada hoje, amanhã, depois de amanhã, na semana que vem, e qualquer dia do ano eu sei de cabeça, pois um dia pode fazer muita diferença no meu orçamento, dá pra sustentar o consumismo desenfreado que você incutiu na cabeça dessas meninas!

— "Controla", eu sei, controla os dias que a fulaninha aí de cima sai mais cedo só pra se encontrar com ela no elevador e ficarem mais tempo juntos, devem ficar se esfregando naquele cubículo!

— Mas Joana, eu teria de ser muito estúpido pra fazer uma coisa dessas na barra da sua saia, e depois, mesmo um idiota sabe que qualquer motel vagabundo tem mais espaço que um elevador!

— Viu como você é um cretino, tua corretora agora entende de motéis, qualidade, preço, vai ver você sabe até os dias de promoção! Você deve estar dando carona pra ela, e trepam no carro!

— Assim não dá! Além de caluniar o próprio marido, você está caluniando uma pessoa que nem conhece, vai ver essa tal mulher é casada, foi educada também em colégio de freiras, e tem família como você! Daqui a pouco a mulher, ou o marido, sei lá, alguém escuta os seus gritos... você pode ser até processada... — tentou ponderar Pedro, num último esforço de fria racionalidade ou contida emocionalidade. Ou vice-versa.

— Tá vendo como você tem culpa! Tá vendo só, ainda defende aquela vagabunda, sai da minha frente, vou te...

Nesse momento angustiante, as três meninas arrumadinhas pra dormir entraram assustadas, chamando pela mãe. A menorzinha chorando, segurando uma boneca importada na mão, correu para os braços de Joana. Pedro abraçou a filha do meio, enquanto a mais velha olhou para os pais com ar de veemente reprovação. E o inferno que ali se armava, com toda a sua parafernália de tribulações, de repente pareceu visitado por três anjos a anunciar o milagre da paz. Nos olhos das filhas lia-se mensagem de bom senso. Hora de dormir. De renovar forças para o embate da vida. Naquela noite a discussão terminou exatamente como começara. Sem pé nem cabeça. Mas fizera estragos. Obviamente na cabeça de Joana o ciúme ainda voltaria a arquitetar constrangedoras situações. Quando? Ninguém podia saber. Nem ela.

Pedro dormiu no sofá da sala três noites seguidas, terça, quarta e quinta-feira, período em que o azedume da acusação foi para o ralo inexorável do cotidiano. Mas não foi fácil. Teve de ruminar um bocado de ressentimentos. Nessa fase, pensou muito em tudo aquilo. Avaliou e reavaliou dezenas, centenas de vezes sua situação e a da família. Analisou os valores do casamento, da família, da fidelidade conjugal, da honradez marital. Recordou tudo o que havia aprendido de valores durante a sua formação. Os bons exemplos na família do pai. Mais notáveis ainda na família de sua mãe. Confiava no casamento como instituição indispensável à civilização. Com a maturidade chegando, fazia uma ou outra restrição a certos princípios e dogmas da religião católica. Porém, havia casado com cerimônia religiosa e todo aquele aparato festivo da indústria matrimonial.

E fez, desfez, refez contas do que implicaria uma separação. Ainda gostava da mulher, apesar dos pesares, e ela era realmente dedicada ao lar, à família, e sentia que ela o amava muito. Mas aquele ciúme estragava tudo. Tudo. E ele adorava as meninas. Perderia o convívio diário com elas, numa fase tão boa e importante. Uma separação do casal só implicaria perda. Todos perderiam. Nem precisava utilizar sua lógica de operador, pois é natural que o casamento sendo uma união, é também uma soma. A separação implicava dividir tudo; numa divisão todo mundo perde, ao menos matematicamente. Depois, teriam de resolver questões em juízo, mesmo se a separação fosse amigável. Expor à revelação fatos da vida pessoal. Pormenores que diziam respeito só ao casal teriam de municiar a argumentação de advogados. Ainda bem que tinha meia dúzia de amigos advogados, mas considerava isso também desagradável, porque em geral seus amigos também eram amigos do casal. Talvez ganhasse em termos de sossego e paz, pois conviver com uma pessoa que sem mais nem menos o agredia com uma acusação daquelas doía muito.

É verdade que não era nenhum santo. E isso existia, santo? Doía muito levar a culpa de algo que não fazia o menor sentido. Chegou a pensar que seria preferível ter culpa mesmo. Tinha a impressão de que quando se tem culpa, e ela é assumida, torna-se um fardo mais suportável na consciência. Mais leve. Talvez, pensou, se fosse culpado realmente nem desse bola para as acusações de Joana, e ele, Pedro Custódio Ferreira Barcelos Venturini, com todo aquele nome, seria apenas mais um crápula nesse mundo cruel. E por esses meandros navegou o pensamento de Pedro durante as três noites no sofá.

Mas a dinâmica da vida tem suas leis próprias, seus momentos exatos de decisão certa ou errada. E o dia-a-dia exige muita lucidez. Muita compreensão do entorno. Onde somente uma cabeça fria, livre de ressentimentos e mágoas pode se sair bem. E o dia-a-dia impõe sua lógica sobre todas as coisas. Logo, logo, no ambiente familiar, Pedro voltou a se interessar pelas novidades que as meninas traziam do colégio, da Internet, e a dar palpites na programação de suas festas com os amiguinhos. Joana, desde a intervenção das meninas em plena discussão, parecia mais calma, talvez arrependida, quem sabe? Mas em questões de ciúme ninguém pode saber o que vem por aí.

Na sexta-feira, a vida do casal voltou ao normal, sem alarde ou comemorações.

No sábado não deu praia. Um mormaço pardacento tingiu o dia, e espessa camada de nuvens flutuava à baixa altitude, dando impressão de desabar a qualquer momento para aliviar o calor do verão. O desabar ficava só na impressão. O calor ficava de verdade. Poucos se aventuraram com suas bicicletas na ciclovia à beira-mar. Ainda bem que a área de lazer do condomínio neutralizava a pasmaceira cinzenta do dia, de modo que *playground*, piscina, saunas, sala de ginástica e salão de jogos se encheram de freqüentadores de todas as idades.

Joana e Pedro se divertiram na piscina com as três meninas por toda a manhã. Apenas Pedro saíra da água por breves minutos. Não conseguia resistir a duas ou três entradas na sauna a vapor. Depois subiram para o almoço. Joana era muito organizada, e a cozinheira diarista só trabalhava até às três, hora em que ela já deveria estar se arrumando para levar as filhas a um espetáculo de balé russo no Municipal.

Quando Pedro começava a preparar um drinque para esperar o almoço, Joana se aproximou.

— Pedro, dá um pulinho lá embaixo e vê se acha a boneca da Andrea, acho que ela esqueceu na piscina, não demora, sempre tem umas assanhadas dando em cima de homem casado!

— Tudo bem, mas não vai recomeçar! Vou pela escada.

Ficou ligeiramente irritado com a insinuação de Joana. Ela realmente não muda, pensou. Abriu a porta de serviço e começou a descer as escadas do prédio. Oito andares, englobando dois de garagens, contou mentalmente. Precisava manter-se em forma. Havia descido quatro lances quando ouviu passos de alguém subindo e marcando a respiração pela boca como fazem os atletas aeróbicos. Era uma moradora dos andares de cima, conhecia-a de vista, talvez de alguma reunião de condomínio, talvez do elevador, talvez da garagem, talvez da sauna, talvez da piscina, talvez... Cumprimentou-a com um sorriso de aprovação pelo esforço de subir as escadas, e acrescentou:

— É bom pra saúde!

— Ainda faltam três andares... — disse ela, ensaiando uma pausa.

Foi aí que Pedro se ligou. Fez as contas rapidamente dos andares pra cima, dos andares pra baixo, dos lances de escada e comentou:

— Ei! Espere aí, você mora no sétimo andar?

— No 702, Clarissa Azevedo, prazer. — Fez uma expiração lenta e parou três degraus acima.

— Pedro Venturini, do 602, bem embaixo. — E sem explicação parou de descer.

— Já conhecia você — disse Clarissa.

— Do elevador?

— Bem, não, a sua mulher fala tão alto...

— É mesmo. — Disse Pedro sem graça. — Fico meio envergonhado dos vizinhos... não sei se escutam aquelas coisas todas...

— Todo mundo escuta, sei que tem uma corretora e... bem, é muito chato falar...

— É horrível!

— Meu marido é ciumento também, vive dizendo coisas, mas pelo menos não fala alto. Não sei se é pior, fica maquinando coisas, me vigia no trabalho, toda hora me chama pelo celular.

— É desagradável!

— Ele vai sempre ao meu escritório em horários diferentes, sou advogada. Nem sei por que estou lhe dizendo essas coisas, nem nos conhecemos...

— Acho que é solidariedade, temos problema semelhante. Conheço bem essas visitas incertas ao escritório, lamento por você, é uma pena, arrasa o casamento. — Pedro estava sendo sincero, até mesmo se lembrou do que ia fazer na piscina.

— Ele agora cansou de insinuar coisas no meu trabalho.

— Ah, é?... Clarissa, eu estava descendo pra procurar uma bonequinha que a minha filha esqueceu na piscina e...

— Vou ajudá-lo, assim subo de novo e melhoro minha forma.

— Não precisa, eu...

— Homem não sabe procurar!

E começaram a descer as escadas, com três degraus de diferença entre os dois. Pedro se animou, enfim solidariedade...

— Que bom! Pelo que você falou, seu marido não incomoda mais no trabalho.

— Quem dera!

— Por quê?

— Piorou, ele acha que tenho amantes em toda parte. Agora cismou que tenho um caso aqui no prédio.

— Que loucura! Que coincidência!

— Coincidência, sim; loucura, nada, é um inferno! Estou mais tranqüila hoje porque ele viajou a trabalho. Foi a um desses seminários de fim de semana, vai voltar amanhã de noite. Mas ele liga três, quatro, cinco vezes pra saber onde eu estou.

— O pior de tudo é a pessoa levar culpa sendo inocente. Às vezes sinto até vontade de ter culpa mesmo, pelo menos seria uma culpa assumida. — Pedro estava levando pra fora de casa sua sinceridade.

— Também já pensei nisso.

— E o que você fica fazendo quando ele viaja?

— Bem, logo no início eu gosto, depois é um saco! Fico sozinha vendo vídeo, televisão... e atendendo os telefonemas dele.

— Você não aproveita pra ler?

— Às vezes, quando me indicam um bom livro. Mas hoje, por acaso, não tenho nada pra ler.

E chegando à piscina procuraram a boneca.

— Que sorte, já vi! — exclamou Pedro. — Ela está boiando ali, do outro lado... — E sacudindo a água empapada no brinquedo, sugeriu: — Vamos subir de novo pela escada?

Subiram sem falar, agora mantendo distância de dois degraus um do outro. Quando chegavam ao quarto andar, Pedro diminuindo a escalada, quebrou o silêncio:

— Minha mulher vai levar as crianças a um balé hoje à tarde.

— Você não vai? — indagou Clarissa, também diminuindo o ritmo do exercício.

— Não, vou ver o jogo na televisão. Talvez, leve também um bom livro pra moradora do 702.

— Boa idéia! Dê dois toques de leve na campainha e já sei que é você.

— Combinado! Engraçado, apesar do esforço de subir todos esses andares pelas escadas, estou me sentindo mais leve. Até logo mais!

— Eu também, de repente comecei a sentir um alívio... Estou te esperando com o livro!

No dia seguinte, a musa me soprou esta história, que adaptei aos tempos e quadrantes da vez:

Os fios da tarântula

Contam — embora Alá seja mais informado, tenha memória mais antiga, e a capacidade prodigiosa de programar, fazer e desfazer tudo o que quiser — que em tempos remotos os gênios do deserto elegeram a tarântula como única criatura sobre a face da terra capaz de tecer fios semelhantes aos das tramas do ciúme humano. Fios que parecem não ter fim.

Então, nos tapetes orientais, a maravilha das cores e do trançado das figuras pode conter valores emocionais que sobrepujam a beleza estética. É o que virá a lume nessa história.

Mirna, além de habilidosa com agulhas e fios, conhecia tão bem os segredos do tear, que as peças trabalhadas por suas mãos tinham toques de arte e qualquer ponto de magia. Assim, a jovem artesã permanecia horas entrelaçando nós, tecendo tramas, combinando cores, arrematando pontos. Como resultado de tanto esmero e capricho, seus tapetes eram, de longe, os mais bem pagos por mercadores do deserto.

Mas sendo a natureza humana pródiga em matizes e torcedúras de todo tipo, enquanto fazia tramas em tapetes, fiava e desfiava ciúmes no pensamento. E nessa urdidura de falsas idéias, a imagem de Kassib, seu marido, desaparecia dos suores do mercado para renascer no colo perfumado de odaliscas, num ruminar de ilusões dolorosas e sucessivas.

Num radiante fim de tarde, Mirna estava entretida no tear, como fazia todos os dias à espera de Kassib, quando um novelo de lã inexplicavelmente escapuliu de suas mãos e rolou em direção aos fundos da tenda. Ela se levantou, ensaiou uma imprecação que logo morreu nos lábios, e provavelmente até hoje não tivesse chegado aos ouvidos de Alá se a sucessão de fatos a seguir deixasse de confirmar antigo provérbio beduíno: "A tarântula e o ciúme laboram fios intermináveis."

Mirna deu quatro ou cinco passos em direção ao novelo caído, quando ouviu uma voz masculina meio espremida:

— Mirna! Mirna! Tira-me daqui.

Assustada, a artesã regurgitou a contida imprecação anterior e invocou as atenções de Alá com um punhado de guturais interjeições. Sentindo a presença superior, por fim, encorajou-se:

— Por Alá, quem está me chamando pelo nome, se não há ninguém aqui?

— Não te assustes mulher, nenhum mal te farei! — respondeu a voz, agora mais clara.

— Então, por que falas do invisível?

— Mas eu sou visível e, se entrarmos num acordo, logo me verás.

— Que queres de mim? — indagou Mirna, ainda assustada e procurando a origem da voz.

— Estou preso, preciso que me libertes!

— Como posso te libertar, se nem ao menos te enxergo?

— Lembras do tapete com florais vermelhos que o teu marido trouxe do mercado, depois de trocar mercadorias com um cameleiro? — perguntou a voz em tom conciliador.

— Claro que lembro, foi semana passada, o tapete está no meio dessa pilha. Mas como sabes disso? — Mirna apontava para uma pilha de tapetes estendidos no meio da tenda.

— Eu vim junto com o tapete de florais vermelhos, estou preso nele. O tapete não está mais na pilha, Kassib o escondeu dentro do grande jarro no fundo da tenda.

— Por que ele fez isso sem me dizer nada?

— O cameleiro disse a Kassib que o tapete valia muito, talvez tivesse algum poder, talvez pudesse voar...

— Realmente o tapete está enrolado aqui dentro — disse a mulher, mal abeirando a grande boca do jarro.

— Agora, podes estender o tapete e me libertar. — Sugeriu a voz.

— Pronto, estendi o tapete no chão, mas como posso te libertar se continuas invisível?

— Vou te mostrar meu segredo — disse a voz, em tom decisivo. E continuou: — Abaixa-te para me veres, sou a pequena tarântula tecida ao lado do cão e do camelo, logo abaixo do grande floral vermelho. Me vês agora?

— Sim, te vejo, quero dizer, vejo a tarântula!

E como os seres humanos estão sempre mais inclinados a melhorar o próprio bem-estar do que a aliviar o infortúnio alheio, e numa prova inequívoca, sob os olhos de Alá, que mulheres têm afinidade com negócios tanto quanto homens, Mirna se adiantou:

— Que me darás em troca, se eu te libertar?

— Pelas leis dos gênios do deserto, terás direito a pedir o que quiseres, e eu te atenderei com palácios, jóias, tapetes de seda, peças de marfim, tudo... desde que seja um único pedido.

Nessa altura das conversações, Alá, que havia sido invocado por Mirna, e rondava ali por perto, sentindo que o entendimento entre os dois prosperava, achou por bem deixar que o engenho humano escolhesse a melhor trilha para ambos, e foi atender outro chamado não muito longe daquela aldeia.

Então, Mirna, perguntou com prudência:

— Espera um pouco, mas quem és tu? Se estás preso é porque mereceste ser castigado!

— Sou Abu-Massab, sobrinho do vizir de uma cidade mais ao leste. O vizir chamou uma tecelã que conhecia os nós mágicos dos gênios do deserto e lhe ordenou que me prendesse no tapete, pois morria de ciúmes que Zeinab, sua mulher, me desse o seu amor.

Ouvindo essa explicação, Mirna se preocupou:

— Se não és um gênio, como poderás atender o meu pedido?

— Pelas leis dos gênios do deserto, todos os que são libertados de encantamentos recebem poderes dos gênios pra satisfazer um único pedido.

— Mas como posso confiar em ti? Uma vez livre e com poderes dos gênios poderás ter tudo o que quiseres, palácios, jóias, haréns...

— Gênios e leis do deserto são inspirados por Alá! Os poderes dos gênios são concedidos ao libertado para atender um único pedido. Acontece que o libertador sempre usa esse pedido. Tu serves de exemplo, acabas de exigir o que seria minha única chance...

— E se me enganares, que sucederá?

— Eu não me atreveria, pois como se sabe, todos aqueles que tentaram enganar os gênios foram engolidos vivos, em sua casa ou montaria, por dunas gigantescas que sopram do deserto.

— Está bem, Abu-Massab, acho que és confiável. Me ensina como fazer pra te libertar.

— Primeiro tenho de saber qual é o teu pedido! Mas podes pensar um pouco... — disse astutamente Abu-Massab, pois havia observado Mirna durante uma semana e sabia que o nó mágico da tarântula no tapete somente se armava ou desfazia motivado por ciúme incontrolável.

— Não tenho o que pensar. Eu quero ter Kassib, meu marido, só para mim, o resto da vida, de um modo que ele não olhe pra nenhuma outra mulher, não saia mais da tenda e viva junto de mim o tempo todo.

Mas como as leis dos gênios do deserto só permitem a liberdade aos que revelam boas intenções, Abu-Massab, mesmo conhecendo o ciúme incontrolável de Mirna, tentou dissuadi-la de tal pedido explicando-lhe que, se assim procedesse, ela estaria repetindo a maldade do vizir:

— Mas se ele é teu marido, já o tens, e aí estarás desperdiçando o teu pedido.

— Não o tenho bastante. Quero-o só para mim todo o tempo, quero que me respire, quero... ser o seu ar permanente.

— Então, quando me libertares atenderei o teu pedido — disse Abu-Massab, ansioso para retornar ao convívio humano.

Assim, Abu-Massab e Mirna selaram um pacto. Mirna aprendeu como libertar a tarântula do tapete. Com suas agulhas foi desfiando as tramas que compunham o desenho do pequeno animal, até que os fios se transformaram nos cabelos de Abu-Massab, e quando o último fio desprendeu-se do nó mágico, o sobrinho do vizir apareceu feito homem. Mirna, assustada com a presença de outro homem na tenda do marido, pediu-lhe que se apressasse, pois Kassib não tardaria a chegar. Então Abu-Massab, atendendo o pedido da mulher, ensinou-lhe como prender Kassib para sempre ao seu lado. E advertiu-a de que o encantamento somente cessaria se motivado por ciúme incontrolável. Por fim, lembrou-lhe que o nó mágico era insensível a arrependimentos.

O artifício do encantamento consistia em trançar os cabelos de Kassib no vazio do tapete deixado pela tarântula, usando as mesmas agulhas que haviam desfiado a trama onde Abu-Massab estivera preso. Na mesma noite, Mirna esperou o marido dormir a sono solto, trouxe o tapete com florais vermelhos para junto de sua cabeça, e trabalhando freneticamente com as agulhas, só parou de trançar os cabelos de Kassib no tapete quando ele se transformou na tarântula que preencheu a lacuna deixada por Abu-Massab. Este, que a tudo assistia oculto no grande jarro, tão logo viu atendido o capricho de Mirna, despediu-se, e montando o camelo de Kassib desapareceu entre as dunas do deserto em busca da sua sorte pelos caminhos de Alá.

Desde então, Mirna passou a desfrutar a presença do marido tal como desejara. Nos primeiros dias, alguns mercadores amigos de Kassib ainda o procuraram, porém Mirna os enganou dizendo que o marido iniciara longa viagem de peregrinação e que, por uns tempos, ela mesma se encarregaria de vender os tapetes. Enquanto isso, ia satisfazendo seu sentimento de posse absoluta do ser amado. Ficava dias inteiros trabalhando no tear, bem junto do tapete com florais vermelhos. Seus olhos traduziam regozijo.

Mas o tempo foi passando, e Mirna começou a sentir falta da presença real do marido. Um fio de arrependimento começou a rebentar diariamente em seu coração. Enquanto tecia, olhava de vez em quando, tristonha, a tarântula inerte no tapete. E os fios do seu coração teceram sofrimento insuportável. Até que um dia armou-se de coragem e falou:

— Kassib, Kassib, meu marido, perdoa-me, é que te quero muito, só para mim, por isso te prendi nas tramas da tarântula.

Mas a tarântula não respondeu, e Mirna ficou sem saber se Abu-Massab esquecera de lhe ensinar como fazer a tarântula falar ou se o marido ainda dormia no encantamento.

Ou talvez, como vingança, Kassib tivesse preferido calar-se para sempre.

Embora o coração de Mirna murchasse a cada pôr-do-sol, não tinha coragem de invocar a ajuda de Alá, pois sabia do mal que havia feito ao marido, supostamente em nome do amor. Porém um dia, ao cair da noite, acabara de esconder o tapete de florais vermelhos no grande jarro, como sempre fazia, quando se sentiu consumida por aflição e remorso maiores que ela, maiores que a sua tenda. Juntando o que lhe sobrava de forças e coragem, gritou em prantos:

— Que Alá me castigue pelo terrível mal que fiz ao meu marido!

Nem bem fechara a boca, ouviu forte tropel seguido de gritos alucinados por toda a aldeia. Era um bando de beduínos salteadores saqueando os aldeões. De repente, irrompeu na sua tenda o chefe dos salteadores que, bramindo a espada ainda manchada de sangue, gritou:

— Sou Abu-Al-Mahad, anda rápido mulher, se és tecelã me entrega tudo o que tens de valioso, do contrário te decepo as mãos num piscar de olhos!

Mirna ficou tão assustada com a rapidez dos acontecimentos e a presença do beduíno de terrível fama, que não pôde falar nem se mexer, e já ia o impaciente salteador decepar-lhe as mãos quando uma voz masculina intercedeu:

— Se tocares nessa mulher Abu-Al-Mahad, tu e o teu camelo serão engolidos vivos por dunas gigantescas que soprarei do deserto!

— Quem está aí? — indagou surpreso o salteador, retroagindo o golpe de espada.

— Sou um gênio invisível e te darei cem dinares de ouro se deixares essa mulher em paz e levares contigo o tapete de florões vermelhos que está dentro do jarro no fundo da tenda.

Abu-Al-Mahad recuou três passos, pensou rapidamente, examinou toda a extensão da tenda, e vendo que havia um grande jarro ao fundo, foi até lá e apoderou-se do tapete escondido. Embora embrutecido pela vida de banditismo, o beduíno não era imune às crendices do deserto. Com o raciocínio aguçado por perigo que sua espada não podia combater, o bárbaro assentiu contrafeito que convinha ser cauteloso ao enfrentar inimigo invisível. E com a tempestividade dos rapinadores fugiu da tenda com o tapete, sem mesmo olhar para Mirna ainda petrificada pelo medo.

Abu-Al-Mahad remontou o camelo e, liderando o bando em algazarra, se deixou engolir pelas trilhas da noite. As estrelas já faziam outro desenho no céu quando o bando acampou nas proximidades de uma aldeia que parecia soterrada pelo deserto desde o início do mundo. Cansados, os bandidos apetrecharam-se para dormir e logo sucumbiram ao sono.

Mas Abu-Al-Mahad não foi dormir. Afastou-se um pouco dos companheiros para que ninguém o espreitasse, retirou o tapete de florais vermelhos da carga do camelo e estendeu-o sobre uma ruína. Agachou-se, e estimulado pelos efeitos do luar intenso e do haxixe que mascava, viu como era belo o tapete de florais vermelhos. E porque sob os olhos de Alá não há ser humano sem história nem passado, o beduíno de fama terrível recordou seus anos felizes de outrora e a grande paixão que tivera por uma jovem belíssima de nome... e era absorto nesses devaneios quando ouviu a mesma voz que o ameaçara na tenda da tecelã:

— Abu-Al-Mahad, não te assuste!

O beduíno desembainhou a adaga que não abandonava nem mesmo para dormir, e desferindo golpes no invisível perguntou:

— Quem és tu que ousas seguir o terrível Abu-Al-Mahad pelos caminhos do deserto? Por que não apareces; tens medo que eu te rasgue o ventre?

— Guarda a tua adaga e me ouve — disse a voz suavemente. E continuou: — Te prometi cem dinares de ouro, mas poderás ganhar dez vezes mais se fizeres o que digo!

E assim como sob os olhos de Alá não há ser humano sem passado, também é pouco provável que algum resista a promessas de muito ouro no futuro. Ao ouvir a oferta milionária, o salteador reembainhou a adaga, e olhando para o tapete, indagou:

— Afinal, quem és tu que ofereces mil dinares de ouro?

— Sou a tarântula tecida no tapete, ao lado do cão e do camelo, logo abaixo do grande floral vermelho, poderás me ver se te abaixares.

E o beduíno, vendo que havia no tapete uma tarântula brilhando sob o luar, soltou uma imprecação por se julgar enganado pela inofensiva figura do animal. Kassib, percebendo o desagrado e a impaciência do salteador, apressou-se em contar-lhe a seguinte história:

— Conheço Amina, mulher do riquíssimo mercador Hassan. Eles vivem numa cidade mais ao leste, e sei que ela te pagará mil dinares de ouro se conseguires eliminar a odalisca favorita que o marido preserva em seu harém. Dizem que essa mulher lindíssima foi pleiteada, dissimuladamente, pelo próprio califa — (e abaixou a voz quando mencionou esse fato) —, mas o rico mercador dissuadiu o monarca, presenteando-lhe todos os meses uma jovem odalisca. Pois bem, tudo que terás de fazer para ganhar tal fortuna em ouro eu te ensinarei durante a viagem que farás a essa cidade. Mas precisarás aparar a tua barba e trocar teus trajes e turbante. Com a aparência de um rico mercador poderás te aproximar do palacete de Hassan.

E porque a bondade de Alá concedeu aos homens o poder de se embriagarem com ilusões, a alma de Abu-Al-Mahad, sob efeitos do luar, do haxixe e da história mirabolante de Kassib, entrou no mundo dos sonhos; e o beduíno, que nem ainda partira, já se imaginava distribuindo o peso do ouro em camelos e mulas na sua viagem de volta.

Na noite seguinte, Abu-Al-Mahad despediu-se do bando e, carregando o tapete de florais vermelhos, rumou para o leste. Durante a viagem, Kassib, preso no tapete, contou-lhe toda a história da tarântula, dos efeitos que o ciúme exercia sobre ela, do nó mágico com fios e cabelos, e dos poderes dos gênios do deserto para atenderem um único pedido. Também combinaram o estratagema que usariam para fazer chegar a Amina a notícia da sua presença entre os muros da cidade.

Uma semana depois, Abu-Al-Mahad chegou à cidade onde vivia Hassan e logo chamou um menino para espalhar a notícia de que um rico mercador do deserto tinha um tapete mágico pra vender. Mal a notícia chegou aos ouvidos de Amina, que corroída pelo ciúme aguardava oportunidade de eliminar a lindíssima odalisca, ela mandou um servo de confiança buscar Abu-Al-Mahad.

O falso mercador, ajudado pelo servo de Amina, conseguiu entrar no palacete e negociar com a mulher o tapete mágico por mil dinares de ouro. Revelando os segredos da tarântula, ensinou a Amina como enfiar os cabelos da odalisca no tapete de florões vermelhos. Porém Amina, agindo prudentemente, exigiu que o pagamento fosse feito somente depois que os cabelos da odalisca preenchessem a lacuna a ser deixada por Kassib. Abu-Al-Mahad ficou à espera de sinal combinado que seria trazido por um dos muleiros da confiança de Amina. Por isso, teve de ocultar-se nas imediações do palacete, onde servos fiéis à mulher de Hassan haviam preparado um camelo e duas mulas com a carga dos dinares de ouro.

Naquela noite, a ardilosa Amina, que podia transitar livremente pelo harém, esperou que todos os servos e odaliscas adormecessem. Tão logo teve certeza de que a odalisca preferida dormia a sono solto sobre grandes almofadas de cetim, aproximou-se com o tapete de florões vermelhos e, empunhando um par de agulhas, desfiou o nó mágico que prendia Kassib, libertando-o. Em seguida, começou a tecer freneticamente os fios de cabelo da odalisca na figura vazia do tapete. Só parou de tecer quando a bela mulher transformou-se na tarântula com o nó mágico. Kassib fugiu imediatamente, montou um camelo que o esperava oculto nas sombras da noite, e foi em busca da sua sorte pelos caminhos de Alá.

Quando o muleiro chegou perto de Abu-Al-Mahad, o beduíno tomou-se de espanto porque o homem trazia enrolado o tapete de florais vermelhos:

— Muleiro! Por que Amina me devolve o tapete, por acaso alguma coisa deu errado?

— Não, não é isso, Amina mandou dizer que se saiu muito bem, mas pede que o senhor atire esse tapete em algum poço abandonado depois de três dias de viagem.

— Isso não estava no preço combinado, mas farei um favor a Amina — arrematou o beduíno.

Após três dias de viagem, montado no camelo e puxando duas mulas pelos caminhos de Alá, Abu-Al-Mahad encontrou nas vizinhanças de pequena aldeia um poço aparentemente abandonado. E se preparava para atirar o tapete no poço quando ouviu uma voz que lhe soou conhecida.

— Abu-Al-Mahad não faças isso!

— Por Alá, essa voz não me é estranha!

— Tu sabes muito bem que sou a tarântula urdida no tapete de florais vermelhos.

— Referia-me à voz da mulher que está presa nos fios da tarântula.

— Mas Abu-Al-Mahad, então me reconheces? Sim, sou Zanara, tua prometida de alguns anos passados!

— Mas isso é extraordinário! Então, Alá tramou todas essas façanhas das últimas semanas para cruzarmos outra vez nossos destinos? E eu que julgava ter apagado a chama do amor para sempre!

E o beduíno começou a desenrolar o tapete, ansioso por ver a figura da tarântula sob o luar. E enquanto fazia esse gesto, imaginou que finalmente poderia ser feliz, pois conhecia o segredo do nó mágico que libertaria Zanara dos fios da tarântula, e sendo agora um homem rico, com mil dinares de ouro... Porém, tal como a fúria do vento, terrível pensamento assaltou-lhe o espírito, e imediatamente traduziu em palavras:

— Mas como tu poderias estar falando, se a tarântula, pelas leis dos gênios do deserto só se manifesta ao sentir a presença de ciúme incontrolável?

Assim como os mil e um ventos que sopram no deserto, a natureza humana também pode tomar direção imprevisível. Zanara derivou por esse rumo:

— Meu bom Abu-Al-Mahad, o tempo passa, e sem nos darmos conta, novos caminhos se abrem sob os céus de Alá. Durante esses últimos anos vivi no harém de Hassan. Eu era a odalisca favorita e pude ver no seu coração o amor que só existe nos sonhos do poeta ou na magia dos músicos. Hassan me cobria de sedas, jóias, tesouros, perfumes, enfim, de todo tipo de riqueza deste e de outros países distantes. E a sua adoração por mim era tanta que me contagiou, e com o tempo senti que meu coração também lhe pertencia, por isso, meu único dissabor na vida era não ter Hassan só para mim todas as horas... Também por isso, eu morria e ainda morro de ciúmes de sua mulher Amina, sobrinha do califa...

E confirmando que a natureza humana pode ter tantas direções quanto os mil e um ventos que sopram no deserto, o beduíno emudeceu. Ficou-lhe no semblante o silêncio que prenuncia as tempestades. Zanara continuou:

— Abu-Al-Mahad, peço que me libertes em nome do nosso passado, e compreendas que os tempos são outros, e que eu era muito jovem quando minha família me fez tua prometida. Hoje não conseguiria te fazer feliz porque eu mesma, pelo que acabo de narrar, não poderia ser feliz junto de ti...

Ouvindo isso, o beduíno proferiu imprecações odiosas jamais ditas e ouvidas por ali, e sentiu o gume do destino rasgar-lhe o coração. Enfim, varrido por intensa mágoa, atirou, sem hesitação nem piedade, o tapete de florais vermelhos no fundo do poço. E sob imenso tapete enredado de estrelas prosseguiu desditoso sua viagem pelos caminhos de Alá.

Na manhã seguinte, Dalila, mulher prendada, recém-casada com um pasteleiro de nome Jomair, equilibrava um jarro no alto da cabeça e se aproximou do poço com intenção de colher o resto da água ainda existente, quando viu alguma coisa boiando ao fundo. Admirada, num instante armou engenho de trazer o achado para cima. Ao estirar a peça, vendo que era um tapete encharcado, dobrou-o sobre as bordas do poço de tal modo que escorresse a água e o sol forte o enxugassse rapidamente. Em pouco tempo a luz solar devolveu aos olhos humanos as lindas cores e figuras do tapete de florões vermelhos.

Dalila apressou-se em voltar a casa e pedir a ajuda de sua irmã Tamara para juntas decidirem o que fazer com o tapete estendido sobre as bordas do poço. E saiu gritando em disparada:

— Tamara! Tamara! Vem ver o que achei no poço!

Porém, Tamara, que amava secretamente Jomair e tinha ciúmes da irmã, havia seguido Dalila até as proximidades do poço e também visto o achado, ficando escondida numa vala. Tão logo Dalila se afastou do poço, Tamara se aproximou do tapete. E mal contendo a respiração, como se pressentisse o destino traçado por Alá, ouviu doce voz feminina:

— Tamara! Tamara! Liberta-me daqui e eu te darei o que quiseres!

E então...

No dia seguinte, a musa me soprou esta história, que adaptei aos tempos e quadrantes da vez:

O herdeiro

Foi no Rio de Janeiro, quando as pessoas se cumprimentavam só porque eram vizinhos de rua. Ou porque costumavam pegar o bonde no mesmo horário pro trabalho. Quem não pegasse o de seis horas e quarenta e sete minutos tinha de esperar o próximo, que só passava às sete horas em ponto. E assim por diante. A vida e os bondes. Se viver nesse tempo não era bom, ao menos se pensava que era.

Cesário de Lima Estrela, carioca do Catumbi, morava de aluguel na rua do Lavradio, no segundo andar de uma casa de cômodos; sobradão imponente, fachada limpa e caiada ano sim, outro também. O proprietário era um português de muitas histórias, Manuel Carreteiro de tal, nascido numa aldeia miúda pelas bandas da Serra da Estrela, sujeito caprichoso tanto com o que tinha quanto com o que fazia.

Locador e locatário já se foram do convívio entre os vivos, mas o sobradão ainda está lá, vazio, à espera do herdeiro, e há quem diga que, mesmo hoje, quem tiver coragem de passar por lá às sextas-feiras, em torno da meia-noite, prestando atenção, poderá ouvir roncos na altura do segundo andar. Uns dizem que são ressonâncias de Cesário depois da discussão com o grandalhão Manuel, outros dizem que..., mas é melhor contar tudo do começo.

Diamantina e Cesário se conheceram no bonde que fazia o trajeto "Itapiru—Barcas", já naquele tempo pura expressão de *marketing*, pois a viagem cobria, de fato, o percurso entre a praça Quinze e o largo do Rio Comprido. Ele era garçom de uma pensão na rua Primeiro de Março, onde se comia bem quase todos os dias, e só vez ou outra o tempero desandava, quando o cozinheiro russo Ivan Balonov bebia, entre cinco e meia e dez horas da manhã, metade do engradado de vinho branco destinado às receitas de um mês de cardápio. A pensão servia apenas almoço. Reunia comida caseira e freguesia certa — pelo menos uma centena bem contada de funcionários públicos subalternos, bancários em início de carreira, empregados dos correios e do comércio das imediações. Funcionava no segundo e terceiro andares de prédio antigo, com escadas e corrimãos tão desgastados pelo uso, que o crivo do tempo não lhes reconhecia traços de madeira de lei. Cesário chegava cedo para os trabalhos de copeiragem, arrumação de mesas e limpeza do salão. Quando necessário, ajudava em tarefas de cozinha, mas não ia além das chaleiras e caçarolas. Solteiro, despertava cedíssimo, e, em geral, vinha caminhando desde casa no prenúncio da alvorada, antecipando-se à alvorada dos galos e ao pipiar dos sabiás. À tardinha, cansado, apesar dos seus vigorosos trinta anos, voltava de bonde, sentado, apreciando o burburinho da urbanização ou se rendendo a um e outro cochilo, subjugado pelo ruído monótono das rodas do veículo sobre o aço dos trilhos.

Manuel tinha imigrado no início do século, ainda imberbe; acompanhou a evolução do pai em negócios de carvoaria, papa-defuntos, quitandas e armazéns, até herdar com a morte do velho alguns sobrados em ruas do centro, um botequim na Lapa e o empório da travessa do Mercado, onde, entre secos e molhados, se vendia um pouco de tudo que vai à mesa. O armazém empregava, do guarda-livros ao moço de entregas, algo como uma dúzia de pessoas, não se contando aí dois ou três aparentados igualmente ultramarinos.

Diamantina da Silva, com vinte e dois anos, mulatinha de físico impecável e espírito tentador, era uma das caixeiras do empório, muito esperta à frente ou atrás do balcão. Ligeira nas quatro operações e precisa ao estimar pesos e medidas. Logo caiu nas graças do patrão, conquistou os humores da freguesia e olhares enviesados dos empregados. Também compartilhava uma instalação híbrida, metade banheiro, metade vestiário feminino, com outras duas companheiras, menção essa imprescindível à história porque os destinos dela e do patrão Manuel irão convergir para o tal recinto, num episódio adiante.

Numa tarde de verão, Cesário galgou o estribo do bonde e sentou-se no penúltimo banco, no canto ao fundo, como era seu costume. Enquanto o motorneiro não dava a partida, ele se distraía lendo os novos cartazes e reclames colocados à vista dos passageiros. Ainda separava os níqueis da passagem quando reparou na senhorita que acabara de embarcar e se acomodava na outra extremidade do banco. Diamantina, embora vestida modestamente, tinha aspecto e beleza invulgares. Mesclava, de tal jeito, um ar de altivez e graça com dotes estéticos, que era impossível passar despercebida ao instinto masculino. Os olhares dos dois namoricaram por frações, mas nenhum imaginou que esse primeiro flerte implicaria viagem maior no rumo de suas vidas. Nesse entretempo, outros passageiros completaram a lotação do banco sentando-se entre os dois, distância que induziu Cesário, curioso por saber até onde iria Diamantina, a não saltar em seu ponto habitual. Assim, continuou no bonde até a rua da Estrela. Ali, quase no fim do percurso do bonde, a interessante senhorita desceu do veículo. Não sem antes voltar os olhos para Cesário, com aquela desfaçatez peculiar aos envolvidos em namoriscos, pensando serem os únicos a dominar o dialeto do amor.

Os encontros no bonde tornaram-se amiúde, de modo que o namoro se desenvolveu mais ou menos assim: duas semanas para início de conversa, obviamente por motivo banal, talvez o calor ou a ausência dele, talvez o novo verniz aplicado sobre os bancos dos bondes; três semanas para marcarem encontro no ponto final da praça Quinze em tal e tal horário de partida do bonde... E pronto. Segundo a psicologia amorosa da época, toda mulher é difícil até o cortejador conseguir segurar-lhe a mão. Pois bem, de conversa em conversa, em um mês já viajavam de mãos dadas e se viam nos fins de semana. Tão veloz se manifestou o espírito de sedução em ambas as partes, que ao cabo de seis meses Diamantina visitou a morada de Cesário num domingo após a missa.

Desde essa primeira experiência até a jovem criar o hábito das visitas, cinco missas decorreram. Mas como a maledicência das gentes, indo ou não indo à missa, costuma andar tão solta quanto o diabo, logo se disse que o hábito das visitas veio em prazo bem mais curto, pois Diamantina também foi à missa em dias santificados no interstício de dois domingos. Pior que o disse-que-disse foi o assunto voar aos ouvidos do locador Manuel. Embora, na época, visitas da espécie pudessem vir a difamar o sobradão, o português talvez nem tivesse ligado para o fato, não fosse a freqüentadora do segundo andar do casarão nada menos que sua melhor empregada. Mais que isso, sua paixão secreta. Mais ainda: a escolhida para trazer ao mundo o seu herdeiro. Neste ponto, convém reviver alguns antecedentes para o leitor entrar no arcabouço da história.

Um ano antes de Cesário e Diamantina se encontrarem pela primeira vez na viagem de bonde, Manuel acabara de empregar a moça porque precisava de mais um caixeiro no empório. Passado um tempo, confidenciou aos seus bigodes que nutria por ela um quê de simpatia. Depois, começou a coçar-lhe a idéia de que não era só isso. A comprovação de tudo veio quando Diamantina, certo dia, se atrasou arrumando réstias de uma partida de cebolas e teve de estender a jornada além do pôr-do-sol. Concluída a tarefa, já às escuras, e não mais havendo outros empregados àquela hora, a jovem foi ao vestiário despojar-se do avental e fazer os seus asseios para ir embora. E porque essas voltas do destino prescindem explicação, fazia suas abluções quando faltou energia elétrica no centro da cidade. Embora fosse comum em qualquer recinto ter-se à mão candeeiros e lampiões, coincidiu naquela vez, sabe-se lá por falha de quem, de não haver sequer uma lamparina no vestiário. Tragada pela escuridão, Diamantina soltou um grito. Mais de susto que de medo. Porém, um grito de mulher, em qualquer tempo e circunstância, é um grito de mulher! Manuel, que era sempre o último a sair, fazia por perto inspeções em portas, janelas, basculhantes e ferrolhos, quando ouviu o grito da empregada. Ele mesmo pego de surpresa pela súbita escuridão, rapidamente acendeu um palito de fósforo e, em seguida, o lampião mais próximo, alumiando o entorno. Falou qualquer coisa que a emoção engoliu, e dirigiu-se, lépido, ao vestiário. Com ombro e ímpeto golpeou a porta, pondo abaixo improvisada tramela que ele mesmo instalara havia tempos. Entrou no recinto com o candeeiro alçado sobre a linha dos olhos. O corpanzil em movimentos estreitos, e a atenção arguta.

A cena oscilou entre patética e chocante. Ao alumiar o ambiente, Manuel aparvalhou-se de ver Diamantina às apalpadelas procurando encobrir sua nudez. E se não era, ficou sabido e bem sabido por ambos que, por mais que dois braços e antebraços, duas mãos e dez dedos se multipliquem em esforços, sempre serão somente dois braços e antebraços, duas mãos e dez dedos. Muda, num último reflexo tentando preservar sua fisiografia íntima, Diamantina abaixou-se e ficou de cócoras, numa tentativa inócua de esconder a nudez. Porém, como já era noite, e dizem que nessas horas as tentações favorecem os espíritos predadores, a moça incorreu em erro de perdição. Antes de abaixar-se, virou de costas para Manuel. Sob a luz difusa que o candeeiro vertia, as linhas magníficas do corpo torneado de Diamantina desafiando artes e ofícios assombraram-no.

Manuel estancou maravilhado. E porque as únicas maravilhas que conhecera pertenciam às províncias da infância, Manuel viajou, dois, três segundos, pelas lembranças dos bons tempos em que chispava nu à beira dos riachos da serra da Estrela. Mas o nu de Diamantina não permitiu que o seu desvario fosse além, pois ela mesma ordenou que ele saísse do vestiário. E o homem ainda transido de emoção, já tornava com o candeeiro, quando se deu conta de que a moça continuava na escuridão; deu meia-volta, abobalhado, olhou mais uma vez para Diamantina na insólita posição, pousou o candeeiro no chão e balbuciou qualquer coisa que ele mesmo não ouviu. Logo, ou finalmente, saiu dali. Trevas dominavam todo o armazém, porém Manuel pegou outro fósforo e conseguiu achar uma lamparina. Acendeu o pavio, e a combustão do querosene pareceu-lhe impregnar o mundo inteiro, tamanha era a sua excitação. Lamparina em punho, chegou a um candeeiro e depois a outro, e ainda a outro; em todos fez vicejar um lume amarelado como o do âmbar. Assim, falando consigo mesmo, se é que articulava alguma coisa, conseguiu tirar o armazém da escuridão. Puxou um tamborete e sentou-se a esperar. Nem bem sabia o quê. Se esperava por Diamantina, se esperava o retorno da energia elétrica, ou aguardava recompor-se da inusitada ocorrência. Mas, aos poucos, as condições de ser o patrão, homem maduro, dono daquilo tudo, e ter levado o candeeiro que salvara a moça do pavor da escuridão trouxeram-lhe conforto. Readquiriu a calma e o assenhoreamento da situação. Mas sentiu um gosto incomum na boca, na garganta, no peito, como se aqueles lumes a querosene lhe incendiassem por dentro. Pensou também que, pela primeira vez, em muitos anos, seu coração batera mais forte diante de uma mulher. Por fim, Diamantina saiu do vestiário, e ambos sem dizer palavra se encaminharam para a saída. Manuel foi apagando os candeeiros, por último soprou o pavio da lamparina que trazia na mão, já no beiral da porta. Passou os cadeados de costume e deu o dia por encerrado. A seguir, os dois caminharam apressados no rumo da praça Quinze. Do lado de fora, aqui e ali, janelas e portas entreabertas deixavam escapar luzes de candeeiros, velas e improvisados lampiões. Manuel viu a noite vestir o mundo de modo diferente. Possivelmente com os trajes, ou a fantasia do amor. E ficaram aguardando a chegada dos bondes. Cada um tomou o seu destino, e um boa-noite inibido foi tudo o que trocaram.

Mas o episódio influenciaria para sempre o coração de Manuel. A partir daí, ele começou realmente a cortejar Diamantina. A princípio, discreto. Dirigia-se a ela com palavras mais brandas do que as normalmente dispensadas aos empregados. Dava-lhe tarefas onde pudesse vê-la mais de perto e por mais tempo. Sempre que podia iniciava uma prosa, a retalhos, tivesse ou não cabimento entre pesos e medidas das mercadorias. Diamantina, não notou, ou não quis aceitar a imediata mudança. Talvez o patrão tentasse amenizar suposto amargor que ela estivesse reprimindo por causa do ocorrido naquele início de noite, na escuridão do vestiário. Tentava, com esses pensamentos, explicar a si própria as atitudes de Manuel. Mas, pouco a pouco, convenceu-se da verdade. De fato, o patrão não se havia como antes. E a mudança não passou despercebida aos demais, principalmente às companheiras de trabalho e de vestiário. Uma sensação de ciúme não bem identificado, por essa ou aquela conveniência, pairava entre os secos e molhados do armazém. Mas muito bem identificados, todos os dias, eram o primeiro, o constante e o último pensamento de Manuel: Diamantina.

E ele nunca poderia supor que a intensa aura do amor transcendesse o éter e o opaco indistintamente. Por isso, quanto mais tentava esconder sua paixão por Diamantina, mais se traía. E ela revidava tais investidas cautelosamente, não com sua vivência pessoal, que era escassa ou quase nenhuma, mas com a experiência multimilenar que têm as mulheres, observando o comportamento dos homens desde as cavernas. Não seria de todo incabível interpretar que a jovem se municiava do rico inconsciente coletivo feminino para reagir com propriedade ao cerco do patrão. Por outro lado, Manuel se valia dos tolos ardis imediatistas que os homens enamorados geralmente costumam usar para conquistar o coração de uma mulher.

Apesar dessas considerações sobre os comportamentos masculino e feminino, em se tratando de batalhas sentimentais, saltar de ardis para incursões pode ser mais questão de tato que de tática. E como nesse tipo de enfrentamento o homem acaba se rendendo à condição de predador natural, Manuel iria mostrar garras longas e afiadas. Por entre curvas e retas, mas sem sair de vez dos trilhos, o destino começou a enredar definitivamente os protagonistas da história.

Ora, pequeno escritório funcionava na sobreloja do armazém onde trabalhavam o guarda-livros, um copista, e o próprio Manuel que, atrás de uma escrivaninha com tampo sanfonado, controlava as atividades do empório. Também ali recebia visitas, fiscais, fazia o pagamento de salários ao pessoal, envelopando ele mesmo o dinheiro que tocava a cada um.

Numa tarde menos movimentada por causa de forte chuva, e estando só no escritório, Manuel mandou chamar Diamantina para ir à sobreloja sob pretexto insignificante. Mas sendo a natureza humana muito mais densa do que se possa imaginar, melhor será, primeiramente, reproduzir a conversa que Manuel e sua mulher tiveram em noite precedente, enquanto tapeavam o sono:

— Maria, tu sabes que gosto de ti desde os tempos que éramos pirralhos a chispar pelas quintas e a nos refrescar, completamente nus, nas fontes e riachos que desciam da serra da Estrela.

— Com certeza, Manuel.

— Tu sabes que o que mais queria nesse mundo era um filho, um filho nosso, mas o doutor disse que não podias ter filhos, que tinhas umas coisas esquisitas e faltavam-te uns tais hormônios, e tentamos todos esses anos, paciência, paciência!

— Com certeza, Manuel. Tu sabes que tentei, fiz de tudo, e ainda faria tudo para te dar essa alegria, mas... paciência!

— Pois, pois, Maria, conheço uma rapariga..., ela poderia dar-nos essa alegria.

— Ora, pois...

— Pensei em trazê-la cá pra casa, moraria conosco, teria lá o seu cantinho, te ajudaria nos afazeres, pois estás a ocupar-te mais com o botequim e... ela nos daria um bebé, que seria de nós dois, ou..., vá lá, de nós três. Nós o registraríamos como filho adotivo. Cumpriríamos as leis, e o faríamos herdeiro por testamento. Consultei o guarda-livros sobre casos de adoção, sem mencionar pormenores...

— E quem é essa rapariga?

— Seu nome é Diamantina, mulatinha muito jeitosa, órfã de pai e mãe, foi educada por freiras até os dezoito anos, agora está a trabalhar no armazém..., vive num pensionato em Catumbi. Tu te importarias se eu viesse a deitar com ela para termos o nosso bebé, o nosso herdeiro? Terias ciúmes?

— Ora pois, tu sabes que nunca me ocupei com ciúmes, mas que dirão as pessoas, Manuel?

— Mas que pessoas, danem-se as pessoas! Ninguém nunca saberá de nada, será um segredo entre nós três! Depois, Maria, como é a nossa vida?

— Damos duro! Tu no armazém, eu no botequim.

— Trabalhamos, trabalhamos e trabalhamos. Da madrugada até a noite! Só vemos as pessoas aos domingos na missa, quando lá vamos! Somos imigrantes, Maria, ninguém quer saber o que fazemos ou deixamos de fazer. Que nos importa se vierem a dizer isso ou aquilo?

— E o quê que importa nessa vida, Manuel?

— Nossos finados papás diziam que tudo que importa é o nosso pé-de-meia, para nunca dependermos de ninguém. Mas se fecharmos os olhos de uma hora a outra, teríamos que ter um filho para deixar-lhe os frutos do nosso esforço. Se não tivermos um filho, vem uma parentada de longe, gente que nem chegamos a conhecer e... Também pode dar-se o caso de..., tu sabes como são feitas as leis..., se não tivermos um herdeiro, esses governos republicanos raspam tudo que era nosso. Eu já estou beirando os sessenta e tu, daqui a pouco, ora..., tuas regras nunca foram regulares, e findaram faz tempo...

— Manuel, sabes que fiz de tudo para termos o bebé, mas ele não veio! Nem com promessas! Fazes o que bem entenderes...

— A ver! — E Manuel fez o pelo-sinal.

— Ora, pois... — E Maria também fez o pelo-sinal.

Excitado com a idéia de resolver do melhor modo o que reputava serem, na ocasião, as duas maiores questões de sua vida, Manuel, num rompante, montou na mulher. Olhos fechados. E pôs-se a chupar-lhe buços e beiços, imaginando ser a boca de Diamantina. Mergulhado na escuridão do quarto e na sua própria, saciou os reclamos da natureza sob o mais sutil, ou torpe, dos adultérios.

Urge retornarmos ao escritório do armazém. Com o respaldo da mulher, Manuel sentiu-se a cavaleiro na conversa com Diamantina. Explicou-lhe tudo francamente. O lado sentimental da questão, os ditames legais sobre o herdeiro, e as vantagens que a jovem teria numa casa de família. Quando o menino estivesse maiorzinho ela até poderia voltar a trabalhar, enfatizou. Sem rodeios. Tudo num jorro só. Ainda que mantivesse o raciocínio concatenado, a presença física de Diamantina, assim tão perto, alterava-lhe. Tanto assim que, em plena conversa, mais de uma vez lembrou da ocorrência na escuridão do vestiário naquela noite marcante. Primeiro, do grito. Depois, da corrida ao candeeiro. Finalmente, do corpo nu de Diamantina sob a magia da luz amarelada feito âmbar. Agora, ali no escritório, frente a frente com ela, propondo o que acabara de expor, estava tremendamente excitado. Sentiu uma vibração nas partes baixas, e logo em seguida um montinho se desenhou na superfície das calças. Ainda bem que estava sentado e fora das vistas. Foi o que pensou, fazendo uma cara estranha. Controlando-se ao máximo, frisou uma vez mais os benefícios, o conforto, a segurança que a jovem teria se aceitasse tal oportunidade. Não sendo extenso de estudos, nem entendendo de eufemismos, a palavra oportunidade caiu-lhe como um achado, e foi esse subterfúgio que encontrou para amarrar o fio da conversa. Afinal, já como homem de negócios, deu à moça um mês de prazo para decidir-se. Porém arrematou brandamente com os olhos embriagados:

— Tu mesma, se pensares em outras condições, não te acanhes de vir cá dizer-me!

Diamantina deixou o pequeno escritório como um sonâmbulo. Foi direto ao vestiário. Lívida. Talvez se recompor, chorar, ou até pensar. Mas não tinha condições de raciocinar de modo límpido. Manuel pareceu-lhe um vulcão. Sua boca parecia uma cratera a expelir não palavras, mas lava incandescente. E a conversa foi rápida e devastadora como uma erupção. Sim, o sr. Manuel Carreteiro de tal vinha em sua mente como as gravuras dos vulcões que as freiras italianas costumavam mostrar lá no orfanato. Lavou as mãos e o rosto. Deixou escorrer água fria nos pulsos, na falta de um bálsamo. Respingou umas gotas de fragrância caseira no colo e pescoço para refrescar-se. Mas, no seu pensamento, as lavas ainda estavam sendo expelidas pela boca de Manuel. E como nessas horas de aflição inesperada, o tempo perde sua conotação burocrática, Diamantina voou até onde as asas da memória permitiam.

Do pai, pouco ou nada sabia. Apenas que morrera na guerra, na campanha da Itália, sem mesmo ter conhecido a filha. Da mãe, soube pelas freiras, que era mulher de rara beleza, uma corista, mas morrera cedo, tísica, coisa comum naqueles tempos. Tinha ido parar no orfanato, com menos de um ano, por mãos amigas, provavelmente colegas de sua mãe. Mas nunca soube pormenores. Nem se existiam parentes. As freiras faziam questão de segredar origem e passado das órfãs. Para as religiosas, todas chegavam ali pelas mãos de Nossa Senhora. E isso bastava. Ou devia bastar, pois a vida no orfanato era canalizada para servir ao Senhor. Diamantina foi o nome escolhido por sua mãe, disseram-lhe. Mas o batismo só aconteceu mesmo no orfanato, junto com outras órfãs. Quase não se lembrava de coisas da infância, a não ser das grandes imagens dos santos pelos corredores do orfanato, nos vãos das escadarias, das preces antes e depois das refeições. Talvez a única mossa acentuada na memória fosse uma vaga noção de que, desde pequena, era bonita. Quando pubescente, desconfiou disso, pois nos banheiros comunitários sentia-se olhada de modo diferente pelas companheiras, embora sob dissimulação das freiras e irmãs. A rigor, o ambiente austero do orfanato não permitia quaisquer alusões às vaidades mundanas. Ali se vivia para orações, prendas, disciplina, educação e caridade. O objetivo das irmãs era preparar as jovens para os caminhos da vida religiosa. Quando a vocação não era inata, era induzida. O mundo de tentações lá fora costumava ser pintado e repintado horrivelmente pelas irmãs. Por isso, a maioria das órfãs acabava mesmo ingressando na vida religiosa, de clausura, abnegação, ou se dedicando a instituições similares como irmãs hospitaleiras ou de caridade. Mas ela, Diamantina, sempre pressentira que o seu destino seria diferente do das companheiras. Quando se fez mocinha, teve certeza disso, pois suas companheiras olhavam-na com um certo ar, talvez de retraimento, acanho, talvez de ciúmes, mas não, não sabia precisar de quê, não tinha maturidade para perceber quanta coisa se esconde por trás da retina humana.

Também havia exceções. Certa noite de luar, uma das órfãs mais velhas e talvez a única com quem Diamantina privava, alçou-se do leito, nas sombras, e foi acariciar-lhe o rosto com tal leveza e doçura que, desde então, os precipícios do sono nunca mais foram os mesmos. O tempo passou, e finalmente chegara o momento de decidir-se entre os votos religiosos e a vida lá fora. Optou pelo desconhecido. Verdade que o orfanato era organizado em tudo. As moças quando não ingressavam na vida religiosa e deixavam o orfanato, aos dezoito anos, recebiam orientação de irem morar primeiramente em pensionatos administrados por irmandades. Pela conveniência de já conhecerem cultura e disciplina monacais, até que abrissem novos rumos em suas vidas. E foi o que ela fez. Alojada no pensionato da rua da Estrela, candidatou-se a empregos no comércio, trabalhou num armarinho por ano e meio, e numa casa de ervas outro tanto. Desembaraçou-se no trato com fregueses, vizinhos, empregados e patrões. Tinha boa base de estudos, caligrafia elogiável e era capaz de ler o francês. Quase conseguiu esquivar-se de dois namoriscos, mas foram experiências que não chegaram a mobilizar suas reservas afetivas. Até que leu o anúncio procurando moça com tais e tais requisitos para trabalhar no empório da travessa do Mercado. De fato, nesses primeiros anos, a vida cá fora ia indo bem. Muito bem. Nada parecia ter as cores assombrosas dos quadros mundanos pintados pelas freiras lá no orfanato. Chegou mesmo a questionar a inana das religiosas, pois durante todo aquele tempo não conhecera nenhuma tentação diabólica, nem as horríveis provações da alma no cotidiano. Em resumo, as coisas fluíam normalmente até acontecer o episódio no vestiário, quando o armazém ficou às escuras. Desde então, impressionou-a o fato de que tudo passou a acontecer com celeridade. Fez o pelo-sinal. Agora estava outra vez no vestiário, recompondo-se da conversa com o patrão. Lembrou das freiras, das suas advertências sobre as mil e uma formas de tentação utilizadas pelo demônio.

Jamais o assunto que Manuel lhe explicara poderia ter passado por sua cabeça. Então, isso talvez fosse um tipo de tentação, do jeito que as freiras advertiam, pensou. Reconsiderou o caminho que havia tomado. E pensou de novo. Pensou bastante. Rememorou outra vez a curta trajetória de sua vida. Ela, órfã, tinha conseguido chegar aos vinte e dois anos com determinação e sacrifícios. Era agradecida à oportunidade de seguir a vida religiosa, mas havia preferido o desconhecido mundo cá de fora. Tinha boa formação e algum estudo. Conseguira aquele trabalho por mérito. Desempenhava-o bem. O salário era pequeno, um pouco melhor que os anteriores, mas dava para sustentar-se nos limites de sua modéstia. Isso também era verdade, não alimentava grandes ambições. Não tinha maiores sonhos. Suas viagens haviam se limitado à leitura permitida pelas freiras. Desconhecer laços afetivos de uma célula familiar despertava-lhe curiosidade. Por isso, de longe em longe, passava-lhe pela cabeça a idéia do casamento, se encontrasse um bom moço disposto a construir um lar. Mas não se permitia qualquer tipo de ilusão. Nem era próprio dela. Realmente, e por enquanto, queria apenas ter sua própria vida. Porém surgira aquela encruzilhada. De um lado, Manuel oferecendo a tal oportunidade. De outro... Pois bem, passou um mês, um mês inteiro... Um dia: "Meu Deus como esse mês passou tão rápido!", falou consigo mesma chegando de manhã cedo ao armazém para trabalhar.

Não há instrumento mais elástico para medir a passagem do tempo do que a emoção humana. Enquanto Diamantina viu o mês voar, Manuel queria crer que os ponteiros das horas tinham se enredado numa espécie de visgo; os dias protelavam o ocaso; as noites tardavam a parir o dia; os domingos atolavam-se no meio da semana e pareciam não chegar nunca. Aquele mês de espera pela resposta de Diamantina se eternizara. Por fim, o prazo terminou, e Diamantina não procurou o patrão. Manuel deixou-se tragar pelo terreno movediço das lucubrações. Imaginou-se outra vez aproveitando momento propício, chamando-a ao escritório sob pretexto qualquer, sendo tempestivo, indo direto ao assunto, acrescentando que estavam perdendo tempo. E via Diamantina, com os olhos alagados, dizendo-lhe ter sido uma decisão difícil. E um mundo de quês. Que ela não aceitava a tal oportunidade, que não a achava justa nem honesta, que tudo aquilo contrariava sua formação, que era pobre mas tinha discernimento das coisas, que precisava de mais tempo para pensar, que precisava se aconselhar com alguém, e que... Era a sua decisão. Pediria mais um tempo para pensar. Com quem se aconselharia? Com as freiras? Imediatamente iriam dizer-lhe que fora surda aos seus conselhos e iriam apontar-lhe a figura do demo regozijando-se com a situação. Então, Manuel, transpirando com o desvario, passou a mão na testa, conferindo se não lhe estavam brotando chifres.

Mas vejamos a situação como de fato aconteceu. Enquanto Diamantina não se decidia, a impaciência de Manuel foi crescendo. Movido pela paixão, começou a sentir-se dono do destino da moça. E nasceu-lhe a bolha do ciúme. A bolha iria expandir-se gradualmente. E tomaria contornos no dia em que a jovem decidiu recusar a proposta. Diamantina, superando a inexperiência, armou-se com a coragem da juventude, subiu ao escritório num momento em que o patrão estava sozinho e disse-lhe, de viva voz, nem desculpas ou porquês, mas uma dúzia de quês. Que gostava muito dele como patrão, que gostaria de continuar no emprego, mas que não podia ir morar com ele e a mulher. Que era muito jovem e ainda podia se casar com alguém, e que aí sim, teria os filhos que quisesse! E também que... e mais ainda que... Nem mencionou o resto, nem bebé, nem condições de vida, vantagens, nada. Manuel ficou desapontado, ciumento, furioso. Ainda conseguiu esconder fúria e ciúme. Porém a vivência dos anos abafou suas emoções. Algo lhe dizia que era melhor, no momento, aceitar a decisão da moça. E falaria com sua mulher a respeito da negativa. Paciência, aguardaria nova oportunidade. Foi nesse tom que retrucou:

— Está bem, Diamantina, mas espero que te arrependas. Se isso acontecer, imediatamente tu vens cá dizer-me!

Nessa noite, Manuel pouco dormiu. Enquanto ele e a mulher outra vez tapeavam o sono, dialogaram frouxamente:

— Maria, a mulatinha não vem mais pra nossa morada..., foi-se o nosso bebé!

— Paciência, Manuel, Deus sabe o que faz...

É tempo da história voltar aos trilhos. Poucos meses decorreram entre a decisão de Diamantina facear Manuel e o dia em que viu Cesário no bonde. Não é idôneo supor o que se passa na cabeça das pessoas, mas é possível que o interesse de Diamantina por Cesário tenha vindo menos por obra do destino, e mais para suprir as carências evidenciadas até aqui. E o fato de freqüentar a morada de Cesário bem que poderia ter alguma coisa por trás disso, conhecendo-se a boa formação da jovem. Porém, como vimos, o que conta nesse mundo é a maledicência das gentes. Quando Manuel soube da história, com o nome dos santos e tudo o mais, seu primeiro impulso foi chamar Diamantina ao escritório e pedir-lhe explicações. Um suspiro de bom senso avisou-lhe que estaria misturando alhos com bugalhos, pois a moça continuava apenas sua empregada. Talvez ela nem soubesse quem era o dono do casarão onde Cesário morava. Repensou a situação e reordenou pensamentos. Por essas coincidências de que somente o diabo é capaz, a sua eleita — pensou o português grandalhão — estava a namorar um inquilino do casarão na rua do Lavradio. Embora as questões de aluguéis fossem tratadas por seu guarda-livros, Manuel sempre fizera questão de conhecer pessoalmente todos os inquilinos. E realmente lembrava-se de um sujeito chamado Cesário, garçom de profissão, solteiro de situação. Pagava o aluguel em dia, e até então não lhe causara danos ou aborrecimento. Mas era tarde, a mente de Manuel estava envenenada. Envenenada, sabe-se lá se por despeito, decepção, inveja, ciúmes, ou pelo que fosse. Por fim, o pior ingrediente dessa fase ciumenta se manifestou. Não obstante a maledicência das gentes descrever pormenores da situação e dos envolvidos: seus nomes, trajes, dias e horários dos encontros, endereços do trabalho e da moradia, número do bonde que tomavam e... Pois bem, apesar de tantos dados, descrições e minudências, Manuel alimentava uma esperança mínima de não ser a sua Diamantina a visitadora do sobradão. E como se sabe, o prurido da dúvida é a força motriz do ciúme.

Não tomou nenhuma decisão imediata. Mas fez pior. Deixou que os pensamentos elaborassem e reelaborassem a situação. E a bolha de ciúme cresceu desmedidamente quando começou a imaginar Diamantina nos braços de outro. A bolha de ciúme não parou de crescer. E o homem mudou o comportamento. Tornou-se ríspido com os empregados. Pior ainda com Diamantina. Por questões de somenos tumultuava o ambiente de trabalho. Quase não dormia. Mesmo a abnegada mulher se queixou: "Que tens Manuel, algum bicho te mordeu?", disse Maria mais de uma vez. Nas fronteiras domésticas, só tinham vez o garfo e o copo. Passou a comer e beber com exageros, talvez como válvulas de escape. Sobre a sua escrivaninha no escritório, revezavam-se garrafas de vinho, conhaque, aguardente. E o seu comportamento deteriorou-se progressivamente. Nas idas e vindas de suas lucubrações, depurou como causa do seu infortúnio o inquilino Cesário. Lembrava-se da cara dele. Do seu bigode fininho. Um sujeito de estatura média, de cabelos negros e olhos escuros. Um sujeito bem mais moço do que ele, ainda vigoroso. Mas era um zé-ninguém.

Numa dessas lucubrações que vinham e voltavam, estava no escritório examinando documentos referentes a uma partida de bacalhau que acabara de chegar, quando olhou para a loja e observou Diamantina atendendo um freguês. O homem tinha um bigode fininho. E viu no freguês a cara de Cesário. Olhou para o lado, e viu outro freguês com a mesma cara, de bigode fininho. Olhou à frente e viu dois dos seus empregados... e eles também, de repente, passaram a ter a cara de Cesário. Um palavrão ia escapulindo boca afora, porém o afogou meio copo de aguardente. A outra metade foi de um trago só. Manuel saíra definitivamente dos trilhos.

Nesse mesmo dia, fechando o armazém, demorou-se bom tempo sozinho lá dentro. Apagou as luzes elétricas e ficou com um candeeiro na mão. Veio-lhe à memória a cena do dia em que ficou só com Diamantina na escuridão. Repetiu tudo como num teatro. Acendeu o palito de fósforo, em seguida o candeeiro. Caminhou na direção do vestiário, e deu com o ombro na porta apenas encostada. Sem resistência de tramela por dentro, a porta se escancarou, e o homenzarrão quase perdeu o equilíbrio. Refez-se. O candeeiro sobre a linha dos olhos. A atenção entorpecida. Procurou Diamantina sob a luz difusa do candeeiro, amarelada feito âmbar. A jovem não estava lá, porém Manuel reviveu tudo como se ela estivesse... Até cair em si. Aí, tomou uma decisão.

Caminhou até a praça Quinze e pegou o "Itapiru–Barcas". Mal reparava o entorno. Nem ouvia as rodas do bonde sobre os trilhos. Saltou no ponto mais próximo ao casarão da rua do Lavradio. De longe, mesmo à noite, o sobradão destacava-se. Recém-pintado. O próprio Manuel havia inspecionado o final dos trabalhos, como sempre. Desta vez os inquilinos acharam-no mal-humorado. Dirigiu-se ao sobradão. Respirando forte. Ventre pronunciado. Brilho indefinido nos olhos. Subiu direto ao segundo andar. Bateu à porta de Cesário. Este recebeu-o meio relutante, pois demorou a reconhecê-lo. Um cheiro de álcool expandiu-se. Manuel e Cesário sentaram-se num banco de madeira, logo à entrada do cômodo. Nem bem haviam se acomodado, e Manuel disparou.

Primeiro expeliu um arrazoado em defesa da reputação do sobrado. Falou do disse-que-disse que as gentes andavam espalhando por aí. Que Cesário andava recebendo visitas de mulheres, e isso difamaria o endereço. Não falou, mas pensou, e isso o irritou tremendamente, no corpo torneado de Diamantina recebendo afagos daquele sujeito de bigode fininho... O inquilino defendeu-se, alegando que num ou noutro domingo, após a missa, sua namorada Diamantina, modesta, órfã, sem parentes de espécie alguma, realmente havia estado ali, visitando-o. Mas era pessoa de boa formação... E era moça... Não chegou a terminar o raciocínio. Manuel segurou-o pelo pescoço pondo-o em pé, e o teria estrangulado não fosse Cesário bastante ágil para golpear-lhe o baixo-ventre com o joelho, obrigando-o a soltá-lo. Nessa altura, as vozes exaltadas de ambos transpuseram os limites do cômodo, chamando a atenção dos outros inquilinos do sobradão. Mas quando as coisas têm de acontecer, acontecem mesmo. Pois bem, Manuel arrojou-se outra vez sobre Cesário, que tentava escapulir. Os dois corpos caíram pesadamente no chão, à entrada do banheiro. Um ruído oco se fez ouvir. Cesário caiu de costas sobre a quina do batente que separava os recintos. A base do crânio aparou a queda, mas o baque levou-o de vez. E ali ficou estatelado, sob o corpanzil de Manuel. Este só entendeu o que havia ocorrido ao sentir a inércia do outro e reparar o filete rubro escorrendo das narinas. Levantou-se, emitiu um ronco, talvez um grunhido, e saiu apressadamente. Desceu as escadas do sobradão, ganhou a rua, dobrou à direita, à esquerda, e enviesou os passos pelos trilhos da noite.

O enterro de Cesário foi no cemitério do Catumbi. A cerimônia foi simples como a existência que levara. Acompanharam o féretro até a cova vizinhos de cômodo no sobradão, dois ou três fregueses da pensão, o cozinheiro russo Ivan Balonov, duas irmãs, sua mãe avançada em idade e Diamantina.

Ela mesma leu a notícia, pequena, na viagem de bonde para o trabalho, dois dias após o enterro. Sentou-se ao lado de um passageiro que abriu comodamente o jornal, como se fazia quando não eram tantos os passageiros no banco. Não houve sensacionalismo na notícia. A polícia ainda apurava o caso, com base em depoimentos de vizinhos. Supunham os investigadores que após discussão com o proprietário do sobradão, Manuel Carreteiro de tal, o desditoso Cesário teria sofrido queda e conseqüente morte acidental. Policiais declararam aos repórteres do jornal que ninguém sabia informar o motivo da discussão. Não citavam Diamantina na notícia.

Mas a polícia chegou ao armazém. Interrogou vários empregados e também Diamantina, que prestou vagas informações. Sentiu náuseas ao falar do assunto. Declarou saber pouco de Cesário, pois o conhecia de alguns meses. Confirmou ter ido visitá-lo, após a missa, um ou outro domingo. O fato de Manuel ser o patrão de Diamantina foi visto pelos policiais como mera coincidência, pois ninguém soltou um pio sobre a predileção que o patrão demonstrava pela empregada. E como só a mulher de Manuel, ele próprio e Diamantina sabiam do resto, a verdadeira querela foi enterrada com Cesário.

Manuel foi interrogado e esteve preso por uns dias. Aguardava julgamento em liberdade, quando sofreu uma apoplexia. Morreu poucas semanas depois de Cesário. A maledicência das gentes especulou que morrera de desgosto, de remorso, de ciúmes, de bebedeiras, ou porque apressara sua hora. Sua mulher Maria vendeu o botequim e foi tomar conta do armazém. Surpreendeu a empregados e freguesia com um notável senso para o comércio. Diziam que parecia homem em matéria de negócios. Incrementou as atividades do armazém e precisou de uma ajudante com boa caligrafia, precisa em contas, pesos, medidas, e, além do mais, de estrita confiança. Diamantina largou os balcões e subiu ao escritório. Patroa e empregada tornaram-se amigas. Não sem que olhares de esguelha dos empregados traduzissem algo mais que muxoxos. Deixavam o armazém já tarde, sempre juntas e por último, quando todos já haviam ido embora, Maria seguia a mesma rotina do finado Manuel, verificava portas, janelas, basculantes, ferrolhos e cadeados. Solidão por solidão, viuvez por viuvez, Diamantina trocou de bairro, de bonde, e mudou-se para a casa de Maria. Foi para o cantinho que lhe haviam preparado desde que Manuel falara da tal oportunidade em troca do bebé.

Era sua primeira noite ali, deitada no cantinho, um quarto pequeno, mas confortável. Todos os seus haveres e deveres cabiam no quarto. Fez o pelo-sinal e tentou dormir. Mas o pensamento não era como os bondes cumprindo trajeto e bitola dos trilhos, sem nunca arredar um espasmo. Então, entregou-se ao prestidigitador que existe na memória de todos nós. E mostrando daqui, escondendo dali, os pensamentos foram desfilando. Achou que tudo poderia ter sido diferente. Bastava ter aceitado a oportunidade oferecida por Manuel, logo após o episódio na escuridão do vestiário. Ao recusar a proposta, pensou estar agindo corretamente, no entanto aconteceram aquelas desgraças. Agora sabia bem o que as freiras queriam dizer com tentações. Na próxima oportunidade saberia discernir melhor. Passara por terríveis provações nos últimos meses. Animava-a o fato de ser jovem e a grande aventura da vida estar só começando. Duas lágrimas escorreram brilhantes, uma de tristeza, outra de alegria. E banharam-lhe os lábios, deixando na boca um gostinho de sal. Longe, ouviu o barulho do bonde. Perto, ouviu os passos de Maria em preparativos para dormir. A patroa e amiga movimentava-se pra cá e pra lá no quarto principal. Mas o ruído dos passos foi aumentando. Maria, numa camisola de dormir, caminhou até o cantinho de Diamantina, aproximou-se do seu rosto e, sem fazer caso do que lhe ocorria, enxugou com o dorso das mãos o curso das lágrimas. Falaram mansamente.

— Diamantina, receio dormir sozinha naquela cama grande, morro de medo de finados!

— Eu também tenho medo...

— Pois tu vens comigo, a cama tem espaço de sobra pra nós duas... além do mais, quando eu quiser, posso afagar a tua barriga e imaginar o nosso bebé a crescer.

No dia seguinte, a musa soprou esta história, que adaptei aos tempos e quadrantes da vez:

Oito minutinhos

Se fosse possível personificar o ciúme, Apolinário Xavier dispensaria o uso do espelho. Mas como nos tempos que correm é cada vez mais difícil as pessoas confiarem umas nas outras, e porque existe uma espécie de dessensibilização frente ao absurdo, melhor será acompanhar no curso de uma hora, se tanto, o que ele tem a dizer:

"Eu não tenho por que esconder o meu ciúme. Sou ciumento de pedra mesmo, e Milena já sabia disso quando nos casamos..., tão ciumento que após as bodas, ainda na igreja, houve mal-estar porque não deixei de forma alguma os convidados darem aquele beijinho na noiva que, dizem, é com intenção de cumprimentos. Mas eu não confio em convidados, e não deixei mesmo! O irmão dela me empurrou, até hoje não fala comigo."

"Pois bem, nesses dez meses de casamento, tenho observado os movimentos dela o dia inteiro, e de noite também, enquanto não pego no sono. Mesmo assim, quando consigo dormir, desperto cinco, seis vezes por noite pra ver como ela se comporta. Ela costuma falar dormindo. É verdade que quase não dá pra entender o que diz, saem sons meio truncados. Presto atenção pra ouvir se ela fala o nome de alguém, mas até hoje ela só falou o nome do pai. Fala, fala, e aí dorme de novo. Ela diz que não, mas sei que ronca, um ronco fraquinho, de dama, mas ronca sim."

"Eu demoro de novo a dormir, fico interpretando o que ela falou, e matutando isso com aquilo, e aquilo com aquilo outro que ocorreu durante o dia que passou, ou então com o que ela programou pro dia seguinte. Sem que ela perceba, fiscalizo a sua agenda todos os dias, e faço uma agenda paralela, sei todos os seus passos. Conheço seus compromissos de trabalho e os sociais. Aliás, digo e repito sempre, só deixei que ela trabalhasse porque é em casa mesmo, fazendo aquelas receitas de emagrecimento e que ela mesma vende pela Internet."

"Ontem ela me disse que ia ao cabeleireiro. Eu dei a maior força porque realmente ela precisa. Além de bonita, tem cabelos de cinema, e tem mesmo que cuidar, eu sei, e isso é lógico, não sou nenhum ignorante, fiz até mestrado de *business* nos Estados Unidos. Eu a segui até o cabeleireiro. Num táxi pirata. Desconfio de táxis com muita documentação, aparelhagem, rádio, celular etc. Vi quando ela entrou no estacionamento do *shopping*. Depois, subiu pelo elevador até o salão. Lavou a cabeça com um tal de George Sande — pode alguém ter um nome desses nos dias de hoje? Esse George misturou água quente com fria. Usou dois xampus americanos que ainda nem chegaram aqui. Mas quem enxugou a cabeça foi o Strauss. Usou três toalhas. Uma pra tirar o grosso da lavagem, outra pra secar o couro cabeludo, e finalmente a mais leve pra secar as pontas."

"Mas quem fez a escova foi o Max. Levou um pouco mais de tempo porque ela detesta secador barulhento, e ele teve de usar dois minissecadores. Quase esqueci do tinturista, um tal de James, só pode ser nome fantasia, isso lá é nome de profissional de cabelo? Bem, esse cara combinou quatro ou cinco cores, disse que eram tubos importados, que as tintas nacionais são como os nossos políticos, não têm consistência, mudam de cor, não são confiáveis."

"Mas quem cortou o cabelo foi o Tovar. Cinco centímetros de pontas. Trouxe o espelho pra ela ver se ficou bom. Aí ela pediu pra cortar mais dois centímetros. Acho que ela gostou, pois deu gorjeta pra todo mundo, e ainda ficou chateada porque esqueceu a lembrancinha da Dorita, a manicure mais antiga do salão e que fez aniversário anteontem. Até que a Dorita trabalha bem mesmo, as unhas da minha mulher estão sempre bem-feitas, só acho que ela demora muito tempo segurando as mãos de Milena. Acho também que suas unhas crescem mais na lua cheia do que na lua nova."

"Ela saiu do cabeleireiro às 14 horas, 54 minutos e dois décimos, levou exatamente uma hora, quarenta e oito minutos e um décimo no cabeleireiro. Eu paguei à recepcionista do cabeleireiro pra me contar tudo. Cem paus! No estacionamento, eu conferi, ela se atrasou dois minutos esperando o elevador. Mas não ocorreu nada demais. Embora eu não confie em ascensoristas, há uns muito folgados! Pagou o estacionamento com uma nota de dez. O funcionário demorou a dar-lhe o troco. A mão dele triscou na mão de Milena, mas acho que foi por acidente. Acho e não acho. Foi muito rápido. Vi tudo, escondido atrás de uma coluna."

"Ah! Mas eu estava falando que observo como ela dorme, e do jeito como acorda. Dormindo, ela é mais ou menos confiável. O problema é quando acorda. Meu drama começa aí. Primeiro sinto que a sua respiração muda um pouquinho, depois ela se espreguiça, se vira, ajeita o travesseiro, endireita a camisola, puxa o lençol. Tira a máscara de dormir, e abre lentamente os olhos. Procura o meu ombro. Me dá bom dia e diz que me ama. Eu fico em dúvida se ela pensa que ainda está sonhando com algum cara, vai ver um ex-namorado, algum amante que eu ainda não consegui descobrir, ou se me ama mesmo. Mas com o tempo vou descobrir a verdade, ou seja, que isso é mentira. Essa dúvida é que me mata. A mentira pra vir fora e se desmascarar, meu pai já dizia, é só questão de tempo! Eu queria acreditar nisso, mas tem horas que ela parece inocente..."

"Agora, uma coisa está me preocupando, minha produtividade caiu bastante lá na firma, desde que casei com Milena. Quando estou no escritório fico controlando os movimentos dela pelo celular. Até hoje, aparentemente, ela tem se mostrado fiel, mas o que é fidelidade no mundo de hoje? E até quando se é fiel? Será que é ela realmente quem atende os meus telefonemas? Hoje em dia há esses gravadores ultra-refinados..."

"O que realmente me prejudica é que tenho de fazer tudo, pois não confio em detetives particulares. Desisti desses profissionais logo na primeira semana. Tentei dois ou três. Teve um que me pediu fotos de Milena, em vários ângulos, em vários trajes, seus perfumes preferidos, os endereços que freqüenta, horários dos seus compromissos, marca e placa do carro que usa, enfim, a ficha dela completa, e descaradamente alegou que era profissionalismo. Tava na cara o que ele queria! Mas eu vigio tudo. Estou sempre atento!"

"Que mais... Depois do cabeleireiro, ela foi comprar roupinhas pro bebê em outro *shopping*. Está grávida de cinco meses. Jura por todos os santos do céu e da terra que o filho é meu. De qualquer maneira, quando a criança nascer, vou mandar fazer testes de DNA. Nunca se sabe! Eu nunca fiquei com ela as vinte e quatro horas do dia! Há sempre aqueles intervalos, momentos íntimos, fisiológicos... Das vinte e quatro horas do dia, pelo menos vinte e duas, talvez vinte e duas e meia, eu a controlo, isso eu faço!"

"Aliás, ela só vai ao ginecologista comigo. Eu assisto a todos os exames e consultas. Eu mesmo confiro o aviamento das receitas. Não confio em farmacêuticos, médicos, nem em profissionais que usam uniforme de cor branca. Nem nos que usam farda. De qualquer cor. Nem em magistrados, que usam o preto. Nem em advogados, nem em arquitetos e engenheiros. Nem em professores e muito menos em seus alunos. Menos ainda em economistas, vivem de fantasias, e ainda seduzem e carregam os outros."

"Também não confio em artistas. Milena andou querendo aprender a pintar. Tenho horror de pintores, são traiçoeiros, olham pra uma coisa e pintam outra. Ou olham pra outra e pintam uma coisa! Nem em músicos, estão sempre ouvindo a musa, pois sim, só que a musa pode ser a mulher da gente. Mas, voltando ao uso de uniformes, tenho sérias dúvidas sobre quem usa uniforme branco, pois essa cor de pureza é só pra despistar as pessoas. Por isso, em todos os exames de sangue que ela precisou fazer, eu estava lá junto, conferindo quem era que se aproximava dela. Quanto aos outros exames, eu mesmo colhi o material!"

"Mas há determinadas horas difíceis de controlar. Pra mim são os piores momentos da vida! É quando temos reuniões sociais. Na minha condição de empresário, sou obrigado a ter contatos políticos, às vezes com dirigentes estrangeiros, às vezes com alguma personalidade local. É horrível! Um tremendo sofrimento. Não posso negar que é bom todo mundo elogiar, dizer que Milena é linda, que é maravilhosa, e tem um cabelo cinematográfico... Mas eu não posso ficar prestando atenção em todo mundo ao mesmo tempo. Sou humano; o máximo que consigo é acompanhar três ou quatro conversas simultaneamente."

"Meu inglês é bom, até aí não tem problema, mas às vezes aparecem convidados falando o italiano, japonês e o alemão. Isso é um perigo! Vou dizer... porque há coisa de dois meses um príncipe saudita não se fez de rogado e cantou a Milena em árabe. Eu desconfiei, lógico, embora não saiba o árabe, mas o intérprete multilíngüe que contratei pra vigiar essa reunião flagrou o cara convidando a Milena pra ir visitar a mansão dele em Ibiza. Claro que a Milena agradeceu e declinou, mas foi um negócio chato porque o iate do cara ficou esperando por ela assim mesmo duas semanas, na baía, em frente à nossa cobertura..."

"Essas horas de convívio social são exasperantes. Pode parecer que em coquetéis seja mais difícil controlar os movimentos dela, mas em jantares com lugar marcado é muito pior. Tenho de ficar vigiando os pés dos caras em frente e os dos vizinhos dela, tenho de ficar cercando as mãos dos caras que sentam ao seu lado, as mãos dos garçons, do *maître*, do *sommelier*, do pianista que se levanta pra fazer-lhe uma festinha, e sabe como são os artistas..., são confiados, acham que a liberdade poética serve pra tudo. No fim desses programas estou literalmente arrasado!"

"Aliás, hoje, estou cansadíssimo, passei a noite toda vigiando pra tentar descobrir o que ela falava do jantar de ontem, uma ceia de cerimônia, sentou um diplomata canadense ao lado dela que falou durante todo o jantar. Era uma conversa boba, mas nunca se sabe, nunca se sabe..."

"Enquanto ela dormia, levantei-me pra cheirar o vestido que tinha usado no jantar, notei um cheiro estranho, diferente do cheirinho dela, fiquei pensando se foi na hora em que ela se levantou pra ir ao toalete, alguém pode ter esbarrado, ou cumprimentado, aliás foi a única hora em que não estive bem perto dela, mas foi por tão pouco tempo, uma insignificância, marquei exatamente oito minutos, não dava pra me trair em oito minutinhos..."

Apolinário tomava fôlego pra continuar matraqueando, quando foi interrompido por voz que parecia exercer autoridade sobre ele:

— Seu tempo acabou, nos veremos depois de amanhã. Por obséquio, confirme com a secretária, se tem alguma alteração no horário... Boa tarde, sr. Apolinário.

E assim que Apolinário saiu:

— Milena, pode sair daí, seu marido já foi.

— Que bom, teremos exatamente oito minutinhos... Você viu? Tá ficando cada vez mais difícil acreditar no que ele faz!

No dia seguinte, a musa me soprou esta história, que adaptei aos tempos e quadrantes da vez:

O regalo da Befana

Nenhuma data é tão esperançosamente aguardada pelas crianças como o dia em que a bruxa Befana, montada em sua vassoura, voa pelos céus distribuindo doces e presentes mundo afora.

Luigi tinha cinco anos quando a *mamma* disse que ele era um menino afortunado, pois a Befana lhe havia regalado dois presentes: um trenzinho de brinquedo com toda a parafernália cabível num *palazzo* espaçoso como o da família Santoro, e também um lindo irmãozinho que recebera o nome de Paolo.

Movido a energia elétrica, o trenzinho viajou pela sala, pelos quartos, por toda a casa, e como não podia deixar de ser, com a ajuda da imaginação infantil, o comboio subiu escadas, serras, atravessou rios, cruzou cidades, invadiu países e teria ido em busca de outros mundos, não fosse o cansaço do maquinista Luigi, querendo fazer tudo no primeiro dia de brincadeiras após a passagem da bruxa.

Só quase na hora de dormir foi que Luigi, já meio zonzo de sono, e levado por mãos de uma tia solteirona, olhou de perto o irmãozinho no berço. Reparou que Paolo tinha pouco cabelo, a pele avermelhada e chorava alto. Viu ainda seu pai, os avós, outras tias, primos, vizinhos e amigos, além dos antigos empregados da casa, Antonio e Donatella, todos em volta da grande cama da *mamma*. Falavam baixo, mas havia no ar um tom melodioso. A *mamma* era tão bonita quanto as mulheres pintadas nos quadros espalhados pelos corredores da casa.

A tia solteirona levou-o para o segundo andar. Entraram num quarto repleto de brinquedos, jogos pelo chão, figuras coloridas pelas paredes, dependuradas do teto. Enfiou-lhe um pijama quentinho, reduziu a calefação, meteu-o na cama, fez com que recitasse uma prece que ele começou em italiano e acabou num dialeto incompreensível, talvez falado no mundo dos sonhos.

Lá pelas tantas, quando as luzes da casa tinham sido engolfadas pela noite, e só no quarto da *mamma* um débil facho banhava a escuridão, a bruxa Befana, que retornava da sua viagem anual, vislumbrou o *palazzo* dos Santoro, atravessou a parede do quarto de Luigi no meio de uma nuvem prateada, e começou a cutucar com a ponta da sua vassoura os pés do menino, precisamente o dedão esquerdo. E como Luigi estava mergulhado em sono profundo, a bruxa teve de repetir o movimento várias vezes, até que ele finalmente despertou.

Pensando tratar-se de alguma coceira no dedão, dobrou o tronco pra frente e esticou os braços tentando alcançar os pés. Olhos abertos só até a metade. Ou, como fazem crianças precoces, um olho aberto, outro fechado. A nuvem prateada irradiava uma luz que Luigi nunca havia visto antes. Nem mesmo na televisão, onde quase tudo era possível. Fazia esse movimento com o tronco, quando deu de cara com a Befana levitando à sua frente, montada na vassoura, a meia altura do pé-direito do quarto que era bastante alto, pois o *palazzo* dos Santoro guardava características quinhentistas. De fato, vinte gerações dos Santoro nasceram ali, já incluída a de Luigi e Paolo, o caçula recém-chegado.

Espantado com a súbita aparição, mas sendo época da Befana voar a baixa altura, por causa da entrega dos presentes, e vai ver um ou outro tinha ficado grande, tinha ficado pequeno, não tinha da cor desejada, ou tinha defeito, ou não funcionava, e enfim, era preciso trocar, Luigi abriu o que faltava dos olhos e dirigiu-se à bruxa:

— Que bom apareceres aqui, Befana, assim posso agradecer o trenzinho que ganhei!

— Trouxe-te dois lindos presentes, mas tu só deste atenção a um deles! — disse a bruxa com voz rouquenha.

— Ora, Befana, eu só pedi o trenzinho de presente, o único brinquedo que ainda não tinha. — Porém, lembrando do que a *mamma* havia lhe dito, acrescentou: — Pra que me servirá um irmãozinho tão pequeno, que só sabe chorar?

— Dei-te um irmãozinho pra que não fiques a brincar sempre só, tu verás que ele crescerá rápido, logo te fará companhia e vocês se divertirão juntos.

— Mas eu não gosto que ninguém pegue nos meus brinquedos, prefiro brincar sozinho!

— Por isso estou aqui — disse a bruxa, falando sério e arregalando os olhos pelancudos. — Vou observar o teu comportamento durante todo o tempo, e se não agires bem com teu irmãozinho, receberás bruto castigo!

Em seguida, a nuvem prateada se esfumou e a Befana desapareceu. Luigi viu que o quarto ficou completamente escuro outra vez, um friozinho soprou vindo das alturas, vindo das baixuras, não sabia precisar de onde. Deitou-se de novo e dormiu imediatamente.

Os dias que se seguiram também foram de folguedos, mas, aos poucos, a vida de Luigi entrou na rotina. Horários e disciplina pra tudo, como eram educados os Santoro. Desde pequenos, os filhos homens eram preparados para dirigir os negócios da família, pequenas e tradicionais indústrias de salames e afins. A única coisa de que Luigi não estava gostando, e havia acontecido justamente com a passagem da Befana, era a atenção que todos estavam dando ao irmãozinho Paolo, a começar por sua mãe que estava sempre agarrada com ele. Além disso, Paolo lhe parecia guloso mamando sem parar as grandes tetas da *mamma*. Sentiu uma coisa estranha, e mesmo que todos o chamassem de rapazinho, pois já era capaz de ler livros e até identificava na pauta as notas musicais, baixou a cabeça, envergonhado. Sim, envergonhado, porque de repente sentiu vontade também de mamar. E viu, com o olho comprido, como as tetas da *mamma* estavam pesadas, carregadas de leite.

O tempo foi passando, e agora Paolo estava menos avermelhado, tinha o cabelo crescido, abria os olhos, mexia pés e mãos. O leite da *mamma* devia ser mesmo forte como falavam todos, porque o irmãozinho crescera rápido. Às vezes, Luigi chegava perto do berço, olhava o irmãozinho ainda indefeso, pegava nos seus dedos, ouvia as pessoas ao lado dizendo: "Faz-lhe um carinho", "Vamos, Luigi, faz-lhe um carinho", mas aquilo o incomodava, aquelas pessoas dizendo o que ele tinha de fazer. E como há questões inexplicáveis na cabeça das pessoas, não importa a idade, Luigi sentia vontade de fazer outra coisa.

Por duas vezes apareceram risquinhos vermelhos, pequeninos, no braço do bebê, como se fossem meias-luas. Uns comentaram que podia ter sido marca de inseto, ou alergia a tecidos quentes, ou descuido de alguém que o pegara no colo deixando roçar alguma coisa, talvez a pontinha de um adereço, ou um fecho de jóia. Mas todos concordavam que epiderme de criança tem uma textura tão delicada, que qualquer aperto, fricção ou mesmo leve trisco de unha malcortada podem provocar irritações.

Uma coisa também o incomodava, geralmente quando a tia solteirona o colocava na cama para dormir. E o sono não vinha. Era que... E o sono não vinha. Era que não sabia explicar o motivo pelo qual o pai, os avós, as tias, os vizinhos e amigos da família agora se referiam mais ao irmãozinho e menos a ele. Sempre escutava: "E como vai o *piccolino*?"

Um dia, todos desceram ao porão, em grande animação, e foram ver a adega onde guardavam as pipas com os nomes dos Santoro. Havia pipas de mais de duzentos anos. A maioria era deste século. Os nomes dos Santoro e a data de seus nascimentos estavam pintados na face anterior das pipas. Ali envelheciam os vinhos das vindimas referentes ao ano de nascimento de cada familiar. Num dia de bodas ou de outra festa do clã que merecesse brindes com vinhos especiais, como naquela ocasião, todos desciam à adega, com archotes, e abriam as pipas com os nomes dos homenageados. Embora as pipas praticamente fossem iguais, Luigi achou que a pipa onde haviam acabado de escrever o nome de Paolo e a data de seu nascimento era diferente, talvez maior, talvez mais bonita. Ouviu um parente comentar ao seu lado que a qualidade da vindima daquele ano tinha sido a melhor do século. Também ouviu um tio dizer que Paolo era afortunado por haver nascido no ano daquela vindima! Antonio, que cuidava da adega, confirmou com a cabeça. E com um sorriso de satisfação. Luigi reparou bem no sorriso de Antonio. Sempre sorria assim quando o assunto dizia respeito ao irmãozinho.

Quando Paolo começou a engatinhar e a mexer em tudo ao seu alcance, a *mamma*, a tia solteirona e mesmo Donatella passaram a ter muito mais trabalho, pois havia que vigiar o menino de perto. E como se sabe, todas as coisas do mundo, nessa idade, são conhecidas ou reconhecidas pelo sabor. De modo que era preciso estarem atentas aos movimentos da criança, pois Paolo metia na boca tudo o que lhe estava ao alcance. Após tomar o sol da manhã, e passear no carrinho por entre as alamedas dos jardins da propriedade, muito bem cuidados por Antonio, levavam-no para brincar no quarto de Luigi, um recinto amplo, com grandes janelas em par, chão liso de tábuas seculares e brinquedos por toda parte. Luigi ouvia comentarem que Paolo tinha completado dez meses, mas ele continuava vendo a *mamma* do mesmo jeito, com as tetas enormes, os vestidos grandes e frouxos.

Numa tarde, Paolo, engatinhando entre os brinquedos de Luigi, burlou a vigilância de Donatella, e mesmo da *mamma,* pesadona, que cochilara numa cadeira enquanto tricotava. O bebê, percebendo que o irmão maior brincava debaixo da cama, enfiou-se também por ali, meteu algo na boca e ficou quieto. Toda a ação não durou dois minutos. Donatella, percebendo que o bebê não saía de lá, abaixou-se, e viu que ele estava muito quieto, Luigi ao seu lado, parecia brincar com uma das mãos sobre o rosto do irmão. Talvez só uma brincadeira. Não deu pra ver direito. As lentes com certeza já estavam fracas, precisava voltar ao oculista. Chamou por Luigi, e este se fez de surdo. Chamou por Paolo, que ainda não entendia, nem poderia, com a bola de pingue-pongue na boca... Donatella abaixou-se ainda mais, e viu melhor o polegar e o indicador de Luigi. "Meu Deus!", gritou alto, muito alto, e puxou o bebê pelas pernas, ainda quente, imóvel, arroxeado como um veio de granito. O grito da mulher viajou até os ouvidos de Antonio, lá fora, no jardim. A *mamma* despertou do cochilo e arremessou-se pesadamente sobre Donatella, que tentava tirar a bola da boca do menino. E aos gritos ambas sacudiram a criança, até uma delas bater-lhe nas costas, fazendo com que a bola pulasse bem longe. Naquele desespero, a *mamma* soprou-lhe a boca, e a cor do menino foi mudando, mudando. Voltando, voltando.

Em família, a história foi contada de várias maneiras. Entre Donatella e Antonio foi comentada num modo particular. Na vizinhança, de outras maneiras ainda. Nos céus, a história deve ter sido interpretada, ou vista, também de modo diferente. Tanto assim que, poucas semanas depois, chegara outra vez o dia da Befana passar com os presentes do ano.

Por instruções do pai, a tia solteirona agora cuidava permanentemente só de Luigi. Levado pelas mãos da tia ao quarto da *mamma,* ele viu logo da porta que, como no ano anterior, estavam todos em volta da cama enorme, os avós, o pai, as outras tias, primos, alguns vizinhos e amigos. Pareciam falar um pouco mais alto do que o normal. Talvez fosse um tom de alegria ainda desconhecido para ele. Paolo estava no colo de Donatella, com os olhos muito abertos, mexendo os bracinhos e começando a quebrar a mudez. Quando Luigi — sempre seguro pela mão da tia solteirona — se aproximou da *mamma,* ela ajeitou as grandes tetas carregadas de leite e disse:

— Luigi, meu filho, tu és um menino afortunado, a Befana te regalou outra vez presentes maravilhosos! Olha, são gêmeos! — E apontando com o queixo: — Este é Genaro, o mais guloso, e este é Francisco, mais calminho, como você.

Então, Luigi viu a *mamma* irradiar felicidade quando, com a ajuda da avó, aconchegou a boca dos irmãozinhos aos enormes peitos. Toda a parentada sorriu satisfeita. O pai fez um gesto de alegria e convidou os presentes para irem à adega brindar o acontecimento e marcar as pipas com os nomes dos novos Santoro. Só a tia solteirona fez uma cara de dor, e teve de largar a mão, os dedos crispados do menino afortunado.

No dia seguinte, a musa me soprou esta história, que adaptei aos tempos e quadrantes da vez:

Os bons velhinhos

Rute ficou sentada na beira da cama, no lado esquerdo, pensando por onde começar. Os oitenta e três anos empurrando-a para a frente. Os oitenta e três anos puxando-a para trás. Ombros caídos, braços desanimados, antebraços apoiados no limiar dos joelhos. Olhou-os bem. Não precisou de óculos. Precisou de óculos. Adiante, três a quatro centímetros, a protuberância das rótulas. A velhice evidente em toda parte. Pensou. Deixou cair as mãos no vão das pernas magras, ossudas. A vida trafegando nas veias azuladas. Entre uma perna e outra cabia um palmo e meio dos seus, se tanto. Dois palmos, talvez. Fixou o chão, ali tão perto. Talvez a três palmos, quatro dos seus, que os tinha pequenos. Fixou o chão, ali tão longe. Olhou o par de chinelos. Calçou o pé esquerdo e ficou olhando o direito descalço. Pensou: tudo nesse mundo tem de ser preenchido com a força da vida, mesmo um chinelo sem valor precisa de um pé se movendo dentro dele, um chinelo não vale nada sem um pé. Nada! Mas, aos oitenta e três anos, como é importante um par de chinelos! Deve-se fazer um plano, um projeto para o ato de calçar os chinelos. Primeiro olhar o dedão, depois os artelhos em conjunto e as unhas, finalmente chegar aos calos. Medir tudo, avaliar tudo, com precisão. Dar um desconto para as artérias e veias proeminentes. Articular o movimento de entrada do pé dentro do chinelo. Isso exige o esforço de milhões de nervuras, células, combinações de carbono. Carbono. Fixou nitidamente o chão e calculou sete palmos abaixo. Estremeceu. A medida do abismo que separa vivos e mortos: sutil mudança na combinação molecular do carbono. Olhou para a mesinha-de-cabeceira. Sobressaíam a jarrinha com água, dois copos, números de telefone, receitas, medicamentos, o relógio-calendário, a agenda. Olhou o par de chinelos. Calçou o pé direito e ficou olhando o esquerdo descalço.

Tinha de fazer alguma coisa. Franklin estava ali no lado direito da cama. Como um anjo, aos oitenta e cinco anos, morrera dormindo, possivelmente havia apenas três, quatro horas, calculara sem muita convicção. Pensou em telefonar para os filhos. Olhou o relógio-calendário. Sete horas da manhã. Era quarta-feira, dia de trabalho, não, não iria atrapalhar seus negócios, suas carreiras. Mais tarde, se conseguisse localizá-los, provavelmente a secretária diria que estavam em reunião importante com a chefia. Ou com um cliente importante. Ou num importante telefonema internacional. Ou com três outros importantes telefonemas na fila de espera. Ou resolvendo uma questão importante no andar de cima. Ou no de baixo. Ou dando uma palestra importante no auditório. Ou lendo um relatório importante. Ou discutindo qualquer coisa, porém importante. Não valeria a pena interromper tanta coisa importante. Im-por-tan-te. E que que é mesmo importante? O médico dissera que teria esses lapsos de memória, e que poderiam acentuar-se, caso se emocionasse. Tinha uma dessas doenças modernas, ainda principiando, mas já com nome estranho. Isso sim era estranho, identificava perfeitamente na memória a palavra importante, porém de alguns segundos para cá esquecera o seu significado. Bem, restava-lhe o raciocínio associativo. E associou: importante talvez seja alguma coisa pendente de resultado, de modificação. Bem, se importante for isso, pensou, talvez devesse telefonar mesmo para os filhos. O pai chegara ao resultado final, passou de vivo a morto, e, portanto, houve uma modificação. Importante deve ser isso. Porém perdera a valoração do que era importante. Olhou o par de chinelos. Calçou ambos os pés. Importante mesmo foi quando lhe deu o estalo.

Com movimentos rápidos, Rute engoliu todas as drágeas que estavam nos frascos sobre a mesinha-de-cabeceira. Olhou outra vez o relógio-calendário, 7:05. Não, também não chamaria a acompanhante que dormia no quarto ao lado e só viria às 8:00 tomar-lhes a pressão arterial, assistir-lhes os asseios e café matinais, bem como iniciar a rotina diária de exercícios, acompanhando-os em pequenas caminhadas pelo jardim. Detestava a acompanhante. Era jovem, uns cinqüenta bem orçados, uns quarenta forçados. Vivia querendo assear as partes de Franklin. E o todo também. Mas disso Rute cuidava bem, não deixava que ela se aproximasse tanto do marido. Também detestava o modo como a acompanhante se referia a eles no telefone falando com o médico ou com os filhos: "São bons velhinhos." Rute tachava-a de mal-educada. Sempre pensava que chegaria o dia de dar-lhe uma lição.

Magra, baixinha, forte, determinada, levantou-se pé ante pé. Fechou a porta da suíte com trinco e chave. Por dentro. O raciocínio fluía bem de novo. Já sabia tudo o que tinha de fazer. Tinha quase uma hora. Não abandonaria Franklin, não deixaria que ninguém chegasse perto dele. Nunca havia permitido durante toda a vida, muito menos permitiria agora. Somente ela sabia cuidar tão bem de Franklin. Começou por assear-lhe. Foi ao banheiro, silenciosamente, trouxe tudo o que precisava e agiu. Primeiro tirou-lhe o pijama. Não foi fácil. Os membros já rígidos. Lavou o que tinha de lavar. Enxugou o que tinha de enxugar. Barbeou-o. Cortou-lhe as unhas. Depois, escolheu as roupas. Vestiu-lhe traje digno de funeral. Deu muito trabalho fazer tudo sozinha. Teve de respirar fundo várias vezes. Enquanto fazia todos aqueles movimentos, o pensamento estava ocupado com a ação, com o momento, não sobrava para lucubrações. A única coisa que lhe martelava a cabeça era que tinha de fazer aquilo. E, enquanto vivesse, ninguém ia tocar no seu Franklin. Muito menos a acompanhante. Penteou-lhe os cabelos. Borrifou suave loção nas partes do corpo onde achava que tinha de borrifar. Olhou o relógio-calendário, 7:50. Ainda tinha dez minutos. Abriu a agenda, colocou a fita que servia de marcador na página do dia e escreveu o que tinha de escrever. Por fim, deitou-se ao lado de Franklin, puxou-lhe o braço e ficou de mãos dadas com ele, olhando o teto desabar.

No dia seguinte, a musa me soprou esta história, que adaptei aos tempos e quadrantes da vez:

A quarta concubina

A primeira concubina desfrutava de certas vantagens em relação à segunda e terceira *Siu-Sin*, as "estrelas menores", como eufemisticamente eram chamadas as concubinas em relação à legítima esposa. Morava na casa principal, tinha toda a criadagem que quisesse para cuidar dos trabalhos domésticos, dos pássaros, do lago, dos jardins, e pelo fato de haver dado à luz um menino logo na primeira gravidez, gozava de prestígio junto a Mao, o grande senhor que perdera o mandarinato em jogos de azar. Aliás, perdera o cargo e também a mulher legítima numa história que nunca ficou suficientemente clara, pois no intricado jogo político do Império Celeste tais assuntos não transpiravam fora dos estratos superiores da sociedade.

De qualquer modo, Mao, por prudência, sabedoria ou experiência, não tornou a se casar, mas continuou mantendo em ordem hierárquica três *Siu-Sin*. Na condição de concubinário, o grande senhor tinha de atribuir deveres e obrigações a essas "estrelas menores" como justificativa social à concubinagem.

Nos feudos de Mao, a primeira concubina era responsável pela observância do almanaque-horóscopo e do calendário lunar, agendando e administrando a participação da família em cerimônias. Tinha também o relevante dever de aparecer em público logo atrás de Mao, pelo menos duas vezes por ano, geralmente na Festividade do Outono e na Festividade das Lanternas.

A segunda concubina era mais bonita e jovem que a primeira, porém tinha menos regalias que aquela. Morava numa casa confortável, inferior somente à principal, tinha a criadagem de que precisasse, e pelo fato de haver gerado uma menina como primeiro filho gozava de menor prestígio. Por isso, não lhe era permitido aparecer em público logo atrás do grande senhor. Quando ia a festas e solenidades tinha de guardar certa distância de Mao. Cabia-lhe supervisionar os mantimentos destinados à criadagem e respectivas famílias que viviam nas três casas ocupadas pelas concubinas. Anualmente, podia comparecer à Festividade da Colheita, bem como à do Bolo Lunar.

A terceira concubina era mulher ainda mais bonita que a segunda, no entanto fruía menos privilégios que aquela. Morava numa casa espaçosa, com jardins e pequeno lago, e tinha direito só à metade da criadagem que servia à segunda concubina. Pelo fato de haver gerado meninas na primeira, segunda e terceira gestações, tornou-se terceira concubina. Não lhe era permitido aparecer em público caso Mao estivesse presente. Devia cantar e tocar instrumentos de sopro para deleite do grande senhor. Cabia-lhe ainda ensinar canto, jogos e brincadeiras às crianças que viviam nas três casas, inclusive aos filhos da criadagem, motivo pelo qual tinha de se esmerar no aprendizado de cantilenas, na feitura de máscaras, de bonecos de pano ou de farinha, piões, brinquedos de arame e de papel recortado. Só podia comparecer a uma única festa anual, no dia 9 da nona lua, a chamada Festividade do Aprovisionamento do Princípio Masculino.

As três primeiras concubinas aparentemente davam-se muito bem e conviviam em tom pacífico, obviamente dentro dos limites que a natural rivalidade feminina permitia. De sorte que qualquer discordância entre elas jamais deixou de ser absorvida por calculada intransigência de uma ou outra parte, incluindo ciúmes mascarados por códigos culturais, porém, no fundo, ciúmes. Ao menos três vezes por dia tomavam chá obedecendo à hierarquia da concubinagem. O primeiro chá, na casa da primeira concubina, o segundo na casa da segunda e o último na casa da terceira concubina. Como na cultura chinesa, mesmo em família, as manifestações exteriores de afetividade são demasiado frias, ninguém sabia se Mao tinha preferência sentimental por essa ou aquela concubina. Por outro lado, essa demonstração de frieza favorecia a convivência entre as três.

Mao possuía outras casas perto dos seus arrozais, e, tanto na época do plantio como durante a colheita, ficava por lá, em companhia de concubinas esporádicas, de categoria inferior, para aplacar os reclamos da natureza e sem os ritos da concubinagem socialmente reconhecida. Lógico que se entregar ao grande senhor, sob qualquer pretexto, era uma grande honra para as jovens camponesas, as quais não raro acalentavam sonhos de vir a ser, como num conto de fadas, concubinas permanentes. Mas esses sonhos acabavam por volta da nona lua, quando o grande senhor mandava-as atirar nas águas do rio o que tinham preservado tanto tempo em suas entranhas. Sabia-se também que, por aquelas bandas, costumava dar vazão aos vícios de jogo, principalmente à sua paixão por grilos lutadores, mantendo criados só para cuidar dos bichinhos e treiná-los para as contendas de aposta nas cidades maiores, em geral nos portos.

Certo dia, chegou ao conhecimento de Mao, por intermédio de um dos seus criados-espiões, que havia uma espécie de pacto entre as três primeiras concubinas. Porém, não tendo Mao jamais sabido qual a natureza do acordo e tampouco seu objetivo, a veracidade da informação ficou comprometida. Como nas sociedades despóticas a rigidez disciplinar é condição imprescindível para manter-se o poder em grande estilo, o criado-espião foi devidamente castigado, e teve de permutar os confortos da vida na rica propriedade pelos rigores das várzeas e arrozais.

Como o grande senhor nunca precisara intervir em qualquer tipo de querela entre as três primeiras concubinas, a vida transcorria em paz, as luas sucediam-se, as estações renovavam-se, os bosques sazonavam, os bichos do horóscopo regiam os anos que lhes cabiam, enfim, tudo acontecia dentro das tradições milenares da cosmogonia chinesa. Além disso, e o mais importante de tudo, os negócios de Mao, grande produtor de arroz, decorriam com prosperidade, sempre seguindo as tendências que os bichos regentes do ano lunar determinavam. À época dessa história, apenas findara a regência do Coelho, e agora cabia ao Dragão inspirar os acontecimentos de novo período do zodíaco.

Mao, que acabara de completar quarenta e oito anos, sempre tinha sido senhor de si, apesar da fraqueza por jogos e apostas. Talvez por isso, de há muito não consultava as previsões astrológicas feitas exatamente na hora em que nasceu, por mestre de grande reputação, a pedido de seu pai. Havendo o pai morrido antes que Mao completasse quinze anos, o mestre escapou de ser decapitado, uma vez que naquele interstício importantes previsões não se confirmaram, sobretudo aquelas que se referiam a ganhos extraordinários em jogos. Contudo, segundo a sabedoria popular, um mestre de notável reputação não erra prognósticos seguidamente. E o tempo encarregar-se-ia de demonstrar a maestria do astrólogo.

Por influência da grande fortuna que herdara do pai e, como ocorre em qualquer tempo e toda parte, manipulando teias burocráticas que sustentavam o poder, Mao facilmente chegou ao mandarinato, embora nem sempre fosse possível esconder sua paixão por jogos e apostas, vício nada recomendável aos detentores de tal posição. Essa fraqueza tinha de dar no que deu.

Todavia, o melhor da aventura humana é que o ir e vir dos acontecimentos pode até estar previsto nas estrelas, mas nunca se sabe qual o episódio da vez.

Mao já havia deixado o mandarinato quando, viajando

por uma província distante, ganhou aposta de alto valor numa contenda de grilos. Deu-se que o perdedor estava tão convencido de que o inseto no qual apostara venceria a luta — essa espécie de torpor característico dos jogadores — que ao constatar ter perdido a aposta não pôde pagar, de imediato, a vultosa soma. Talvez por estrita condição de liquidez no momento, visto que era homem comprovadamente rico. Talvez por outras razões que só o tempo diria, ou... Melhor seguir adiante. Esse homem sendo habilidoso, astuto comerciante, dono de terras, teares de bichos-da-seda, de embarcações pesqueiras, argumentou com Mao que pagaria a dívida em dobro sob determinadas condições. Então, fez um trato com o vencedor, e jurou o pagamento da dívida com um fio extirpado da barba e com o indicador apontado para o próprio nariz, significando selar a promessa com a honra da face. Era ainda o Ano do Tigre, e pelo acordo, dentro de dois anos, no vindouro Ano do Dragão, Mao receberia a importância devida e ainda, como concubina de luxo, a mais encantadora das filhas do perdedor. Este, por sua vez, argumentou que o prazo era necessário para poder vender sem afogadilhos algum patrimônio, e também porque a outra parte que seria dada em pagamento, sua filha numa relação com falecida concubina, era moça muito jovem, e precisava ser convenientemente preparada para a honra de servir a tão poderoso e rico senhor. Mao concordou, fosse por vaidade, fosse porque o espírito da contenda continuaria aceso.

Se o grande senhor tivesse consultado em datas recentes seu horóscopo pessoal, provavelmente não teria feito o acordo, pois o mestre que elaborou as previsões vaticinara que Mao, ao atingir quarenta e oito anos, em pleno Ano do Dragão, sofreria grande transformação em sua vida por obra de uma donzela vinda de outro lugar. Em vista disso, melhor será acompanhar de perto os acontecimentos prognosticados para o grande senhor nessa quadra da vida que, até então, transcorria sem percalços.

Com o Ano do Dragão em curso, já no encantador período do outono, ali pela sétima lua, os ventos varriam as nuvens dos céus, deixando-os límpidos, e dando tonalidades claras à atmosfera. Os campos tonificavam-se e os pomares amadureciam. Nos jardins das casas de Mao, as três primeiras concubinas regozijavam-se com a beleza dos crisântemos, o sorriso dos girassóis, e com o aroma das acácias plantadas à entrada dos templos. Enquanto isso, em províncias muito longe dali, camponeses esquivavam-se por trilhas sinuosas em busca de grilos lutadores para serem vendidos a alto preço aos criadores ricos das cidades. Esse fato, aparentemente solto na história, terá suma importância a seu tempo porque, dentre tantos grilos famosos por seu destemor para o combate, alguns irão fazer parte da bagagem da jovem prometida ao grande senhor, na condição de quarta concubina.

Chong-Mou-In chegou à propriedade de Mao numa radiante manhã outonal. Veio num discreto palanquim carregado por quatro criados de seu pai. Porém sua bagagem devia conter extravagâncias, pois as oito mulas — quatro à frente e quatro atrás do palanquim — tinham o pêlo suado, além do passo lerdo. Seis outros criados faziam parte do séquito, e o que parecia de maior ancianidade liderava o grupo. Vários feixes de pequenos cilindros de bambu eram vistos, sob guarda do líder, amarrados no lombo de pelo menos duas mulas.

A bela jovem tinha recebido educação e treinamento extraordinários desde o nascimento, e agora, aos vinte anos, ia entregar-se ao ex-mandarim para cumprir a vontade do pai. Porém Chong-Mou-In, também filha de concubina, parecia satisfeita com o seu destino, confirmando não ter sido à toa que recebera o mesmo nome da famosa guerreira da antigüidade. De fato, dominava artes marciais, com ou sem armas, tinha o raciocínio apuradíssimo, acurada atenção e era exímia em quaisquer tipos de jogos, femininos, ou mesmo masculinos, o que era impensável para a época e em tais quadrantes. Nos últimos dois anos, a mando do pai, adquirira notável conhecimento sobre grilos lutadores provenientes de lugares como Tchêng-Un, Uân-Fau e Kôu-lu, distritos famosos por fornecer aguerridos e hábeis insetos. Também orientada pelo pai, recebera missão especial de como se comportar no relacionamento com Mao. Um instrutor especial forneceu-lhe informações sobre os hábitos e a personalidade do grande senhor. Por tudo isso, e já com o prazo para o pagamento da aposta se extinguindo, instrutores de artes, ciências, prendas e ofícios comunicaram ao seu pai que só faltava à discípula Chong-Mou-In a experiência da vida. Afirmaram que isso não podia ser ensinado, mas tudo que dependesse do talento da jovem e daquilo que aprendera, Chong-Mou-In estava preparada para vencer.

A quarta concubina foi recebida por Mao à frente das três primeiras concubinas e de todos os familiares na casa principal. A rigor, não houve festa, mas a chegada de alguém vinda do longínquo distrito de Sâi-Lêng despertava curiosidade. A primeira, segunda e terceira concubinas com a filharada e toda criadagem disponível deram as boas-vindas a Chong-Mou-In. Todos ficaram impressionados com sua beleza e desenvoltura. E não passou despercebido às três primeiras concubinas que a jovem, sem querer chamar demasiada atenção, demonstrou cultura e memória ao acompanhar os versos de antiga cantilena saudatória que as crianças entoaram conduzidas pela terceira concubina.

Terminadas as apresentações, com as três primeiras concubinas boleando refinadas ironias, como era previsível no comportamento feminino, Mao ordenou à criadagem que carregasse a quarta concubina num palanquim e lhe mostrasse as casas, jardins, lagos, templos e pomares da propriedade. E depois a levasse ao ponto mais alto da casa principal para que pudesse descortinar a extensão das várzeas e dos arrozais pertencentes ao grande senhor.

Ao final do dia, Chong-Mou-In foi levada à casa onde ia viver doravante. Tinha gracioso jardim, lago de águas claras e um templo de pequenas dimensões. Conheceu os criados que a serviriam, os aposentos de recepção, os dormitórios e tudo o mais. A casa não era tão grande quanto as outras, mas tinha sido construída recente, de modo que a jovem ficou satisfeita com o aspecto geral da sua morada. Recebeu instruções para descansar da viagem durante três dias, e também para dispensar a criadagem enviada por seu pai, após dois dias de descanso. A única exceção quanto às orientações recebidas partiu da nova concubina. A jovem pediu autorização a Mao para que o criado de maior ancianidade que a acompanhara na viagem permanecesse em sua companhia, pois Key-Lou era seu instrutor permanente desde que a mãe morrera nem bem completara seis meses de vida. Mao concordou, embora não lhe tenha passado despercebido que normalmente seria uma mulher a cuidar da jovem, mas, em se tratando de viagem tão longa, acabou persuadido pela idéia de Chong-Mou-In ter preferido vir com um criado de inteira confiança. Porém Mao avisou que, como era seu costume, o quarto dia deveria ser dedicado exclusivamente ao grande senhor, e, então, que Chong-Mou-In se preparasse para recebê-lo. Avisou também que tratariam de vários assuntos, começando pelo recebimento da aposta, aviso que, na verdade, tinha duplo sentido, como é típico da mentalidade chinesa. Avisou ainda que falariam de seus deveres, confortos e obrigações como quarta concubina, temas importantes como satisfação à comunidade local e à sociedade em geral.

Após os dois dias de descanso previstos, os criados que trouxeram Chong-Mou-In retornaram a Sâi-Lêng. Nesse ínterim, a jovem assenhoreou-se da casa, dos jardins, do lago, e acendeu pivetes no templo para os deuses e deusas de sua devoção. Enquanto isso, Kei-Lou desfez as bagagens e apetrechou tudo metodicamente como só sabem fazer os chineses, de tal maneira que qualquer traje de seda, cilindro de bambu, peça de toucador, ou de arte marcial estavam rigorosamente registrados em pergaminhos de papel-arroz e na sua memória. No terceiro dia, o instrutor transmitiu à jovem tudo o que havia realizado, e, para manter a memória da discípula em permanente atividade, Chong-Mou-In teve de repetir, oralmente, tudo o que seu mestre havia feito nos últimos três dias, incluindo cálculos e mais cálculos em dois ábacos com a mão esquerda e direita, simultaneamente, façanha que maravilharia o próprio imperador. Estudaram em conjunto as partes da casa, suas dimensões, medidas, consistência, entradas, saídas, ângulos de visão interno e externo, pontos de espionagem e contra-espionagem. Repassaram as recomendações de seu pai e treinaram o que precisavam de treinar. Finalmente, Chong-Mou-In recolheu-se aos seus aposentos e concentrou-se para receber o grande senhor no quarto dia.

Enquanto isso, Mao se preparava interiormente para assumir a nova concubina. Descansou, exercitou-se levemente, poliu a memória, fez contas do investimento para acomodar a nova concubina e comparou com a soma ainda por receber. O ábaco demonstrava que não fora tão grande negócio do ponto de vista econômico, porém havia o lado da reputação social que contava muito, pois manter quatro concubinas naquelas condições aumentaria ainda mais a sua fama de homem poderoso. Além disso, considerava altamente benéfico para o corpo e espírito ter à sua disposição uma jovem de vinte anos tão bela e educada como Chong-Mou-In. A vaidade masculina obrigou-o a tomar uma beberagem de fórmula secreta, à base de raízes e asas de insetos, preparada por criado de confiança, a fim de atingir ótimo desempenho na primeira noite com a quarta concubina. Isso sempre impressiona, pensou. Também facilita o relacionamento futuro, pensou ainda. De fato foi isso que pensou, embora lá dentro, no fundo do coração, soubesse que a excelência do vigor físico impressionaria mais a ele próprio do que à donzela. Uma brisa intuitiva acelerou-lhe levemente a pulsação, coisa que havia tempos não sucedia. Dormiu entre almofadas e sedas, confiando que seria bem-sucedido com a nova concubina. Naquela noite, as estrelas tomaram uma configuração prevista havia muitos anos.

Desde que Chong-Mou-In chegara aos feudos de Mao, as três primeiras concubinas elegeram-na foco permanente de comentários. Assim, ao se encontrarem para o primeiro chá, destrincharam-lhe os trajes, os cabelos, os adornos, as maneiras, os olhos, os cílios, o nariz, os lábios, a boca, o sotaque, o pescoço, as mãos, os dedos, enfim, tudo o que podia ter sido visto e ouvido durante as rápidas apresentações. Obviamente que a perspicácia feminina também não poupou comentários ao que não pôde ser visto, nem ouvido de Chong-Mou-In. E o fato de uma mulher mais jovem constituir ameaça aos domínios sentimentais das três primeiras concubinas animou os goles e mimos do segundo chá. Nenhuma das três mencionou a beleza da nova concubina, pois nesse tipo de concorrência qualquer parcialidade de uma das três podia melindrar as outras duas, visto que os espelhos eram conhecidos no Império Celeste havia muitas dinastias. Também não foi poupada a extravagência da bagagem da jovem em oito mulas, sabendo-se que Mao era generoso com as concubinas, pois o fausto em que viviam era alardeado além das vilas da província. Porém, como a natureza humana não consegue reprimir certos tipos de ciúme, por mais dissimulados que sejam, a imaginação das três concubinas ombreou com a língua prodigiosas suposições quanto ao passado e futuro de Chong-Mou-In. Foram essas pitadas malévolas que se misturaram aos biscoitos nos sorvos do terceiro chá.

Finalmente chegara o quarto dia. Mao acordou bem disposto. A manhã era luminosa. Examinou-se fisicamente, ainda deitado. Pôs-se de pé e tornou a examinar-se. Iniciou alguns movimentos estreitos com os braços. Alargou-os um pouco e estendeu as mãos. Flexionou as pernas. Esticou os braços, sem dobrar os joelhos, procurando encostar as mãos nos artelhos. Não conseguiu. Há anos vinha tentando manter músculos e elasticidade razoavelmente em forma, porém o estilo de vida e o poder desmesurado induziam-no aos prazeres mundanos. Enquanto a consciência tentava esconder esse seu lado sequioso de tratos, o ventre pronunciava-se em penitência por excessos. Procurou um espelho. Examinou o rosto quase redondo. Barba e bigode ralos, aqui negros, ali grisalhos. Lavou-se bem. Vestiu-se sumariamente. Os criados serviram-lhe canja de porco, seu desjejum preferido. Tomou três malgas bem cheias. Ruidosas eructações convenceram-no a parar por ali. Os criados de confiança arrumaram-lhe os cabelos com um coque bem preso no alto da cabeça e as pontas endereçadas para trás. Meteram-no em trajes de seda estampada com fundo vermelho. Calçaram-lhe confortáveis sandálias e deixaram-no a sós, pitando um cachimbo de prata e marfim com porçãozinha de ópio.

Antes do meio-dia, ao soar de um gongo ferido por baqueta enchumaçada, Mao embarcou num palanquim ligeiro mas luxuoso, e deixou-se carregar por quatro criados. Nenhuma palavra foi pronunciada. Todos sabiam aonde ia o grande senhor. Os aristocráticos girassóis dos jardins pareciam perfilar-se a sua passagem, e tufos de peônias ornamentavam as curvas do caminho. Mais do que nunca, o destino de Mao estava à mercê do que as estrelas haviam traçado para aquele Ano do Dragão.

Quando chegou à casa da quarta concubina, toda a criadagem trajava quimonos vermelhos de seda. Duas máscaras representando monstros tinham sido mandadas colocar logo à entrada por Chong-Mou-In, uma em cada lado do portão, e serviam para espantar os setenta e dois demônios conhecidos. Duas fileiras de criados saudaram o grande senhor com uma genuflexão e três prostrações. Mao atravessou o corredor que ia dar no recinto principal da casa. Chong-Mou-In, trajando um quimono rubro, estava em pé, aguardando o grande senhor. Fez reverências e mesuras, mas sem exageros, e convidou-o a sentar-se sobre almofadas de juta ricamente revestidas de seda bordada que trouxera em sua bagagem. Os criados serviram chá e foram dispensados. Então, a sós, os dois começaram a conversar.

Mao elogiou a beleza da quarta concubina, e a jovem retribuiu com fineza, começando por se referir à acolhida generosa de todos e terminando por mencionar o bom aspecto que o grande senhor irradiava naquela manhã. Em seguida, para início de conversa e quebrando o rígido protocolo que regia a relação entre homens e mulheres, ou senhores e concubinas, Chong-Mou-In falou primeiro, polida e refinadamente. Apontou para um bauzinho de madeira, de cor vermelha, envernizado com goma-laca, dizendo que ali se encontrava vultosa soma enviada por seu pai. Não mencionou que era o dinheiro da aposta, mas com extrema habilidade deu a entender que tal quantia talvez pudesse equivaler a um dote matrimonial. O grande senhor logo ficou admirado de como uma jovem de apenas vinte anos dominava tão ricas idéias e refinado vocabulário, visto que a concisão e aridez da língua chinesa escrita impediam tamanha erudição, na sua idade, através de simples leitura. Mao sabia que essa rigidez do idioma, em geral, costumava remeter aos mestres letrados somente os nobres, grandes senhores ou magistrados interessados em expandir o vocabulário falado. Assim, esses mestres recitavam versos em exercícios intermináveis para seus discípulos desenvolverem a memória auditiva. Mas esse processo requeria anos e anos. Como ex-mandarim, Mao ficou vivamente impressionado com a memória e o preparo da jovem. Porém, as suas surpresas estavam apenas começando.

Tendo em vista que o encontro iria se encaminhar, mais cedo ou mais tarde, para o lado erótico, pois Chong-Mou-

In, desde que ali chegara, era propriedade de Mao, tratou a jovem de conduzir a conversa para a narração de famosas histórias picarescas. E ela mesma o fez com grande maestria, temperando com mordacidade os episódios mais escabrosos extraídos de contos famosos, de histórias obscenas da literatura vulgar, como "As invocações do eremita ao sol", "A flor da ameixoeira do vaso de metal" e "As pegadas do espírito do deserto". Porém, saídos da boca de jovem refinada, tradicionais episódios dessa literatura fescenina adquiriam uma espécie de erotismo mágico. E Mao, apesar de homem vivido e experiente, foi ficando cada vez mais impressionado com Chong-Mou-In. Porém, isso ainda era só o começo.

Lá pelas tantas, e as horas voam quando a companhia é agradável, a jovem ordenou aos criados que servissem deliciosa refeição, onde não faltaram iguarias eróticas, sopa de barbatanas de tubarão, *abalones* fatiados, rodelas de cobra com cobertura de ovos de formigas, e ensopado de larvas vermelhas ao molho de gengibre. Então, a conversa girou em torno de receitas e maneiras de preparar esse ou aquele prato, o que embasbacou Mao, pois a jovem sabia segredos culinários supostamente revelados pelo Deus do Fogão, com total exclusividade, aos homens cozinheiros. E surpreendeu-se ainda mais quando ela descreveu, como ninguém fizera antes, os pratos preferidos do grande senhor. Em seguida, os criados retiraram a parafernália do banquete, e a conversa continuou cada vez mais entusiasmada. Mao estava maravilhado com a própria sorte — ter como concubina a jovem Chong-Mou-In. Porém, isso ainda era só o começo.

Quando o sol se pôs, os céus engalanaram-se de estrelas, e o ar puríssimo do outono salpicou de orvalho as flores dos bosques e jardins. Um aroma de sedução soprou em direção à casa da quarta concubina, infiltrou-se pelas frechas das portas e janelas, adentrou os recintos da casa e chegou ao casal. Chong-Mou-In lançou um olhar irresistível ao grande senhor, segurou-o pela mão, e juntos se encaminharam para os aposentos da jovem. Um elegante quarto adornado com lanternas vermelhas de feitio e recorte nunca vistos por Mao. Das abas das lanternas jorravam suaves claros de luz exaltando ainda mais a atmosfera do amor. Mao estava tão entorpecido com a sucessão de surpresas como se tivesse aspirado porção de ópio no seu cachimbo de prata e marfim. Porém, isso ainda era só o começo.

Mao enlaçou a jovem pela cintura, encostou suavemente os lábios em seu pescoço, enquanto Chong-Mou-In, com um único toque em seu traje, pôs-se inteiramente nua. Num segundo gesto soltou os longos cabelos, deixando-os cair à frente dos ombros, resguardando os seios, e, ao mesmo tempo, estimulando o desejo de Mao para descortinar os sombreados mamilos. Sob a luz das lanternas vermelhas, a jovem puxou Mao para a enorme cama, ajudando-o a despir-se. Chong-Mou-In deitou-se de frente, olhos no teto, dobrou as pernas num ângulo de quarenta e cinco graus, encostando os joelhos lado a lado. Excitado com tudo aquilo, Mao, com uma das mãos, tentou afastar os joelhos da jovem, mas não conseguiu. Surpreso com a resistência, usou as duas mãos para tentar afastar um joelho do outro, mas as pernas da jovem não se moveram. Pensando tratar-se de um jogo erótico, armou-se de todas suas forças, e fazendo uma alavanca com o tronco, em pé, tentou mais uma vez afastar com as mãos os joelhos da jovem. Forçou tanto quanto podia, ora mais força sobre um joelho, ora sobre outro, mas as pernas de Chong-Mou-In não se moveram. Gotas de suor apareceram na fronte de Mao, que soltou uma imprecação. Não acreditando no que estava acontecendo, respirou fundo, mudou de posição, e tentou ainda uma vez abrir as pernas da concubina, procurando afastar-lhe os joelhos, porém nada conseguiu. Sob a luz morrediça das lanternas vermelhas, gotas de suor escorreram abundantes pelo pescoço de Mao. Foi nesse momento que Chong-Mou-In riu. Um riso híbrido. De desafio e contentamento. Porém, isso ainda era só o começo.

Enquanto Mao iniciava sua primeira tentativa de afastar os joelhos de Chong-Mou-In, passou pela cabeça da concubina, mais veloz que um tufão, a lembrança do árduo aprendizado de lutas marciais desde os primeiros anos de vida. Dizia seu mestre, Kei-Lou, que em lutas marciais desarmadas, o Kung-Fu praticado com exímia disciplina torna-se imbatível, qualquer que seja o seu estilo. E acrescentava que, para uma mulher, o Kung-Fu mais adequado era o do estilo "Garça", que concentra nas pernas a supremacia da força e a técnica da impulsão, reservando aos membros superiores suavidade e precisão de movimentos. A jovem resgatou da memória as palavras do mestre à menina Chong-Mou-In, "Observa como a natureza brindou as garças. Tudo o que tens de fazer é concentrar a força da tua mente nas pernas". Uma gota de suor rolou do queixo de Mao e caiu no ventre da quarta concubina, borrando o seu devaneio.

Chong-Mou-In riu mais alto, porém suave, e revelou outra face da sua personalidade. Talvez outra etapa do seu premeditado comportamento. Virou de lado, metade da nudez à vista, puxou Mao pelo braço, praticamente obrigando-o a sentar-se na cama. Sabendo da fraqueza do grande senhor por jogos e apostas, propôs-lhe insidiosamente que descansasse um pouco e tentasse mais tarde. Quebrou o ritmo da fala com uma semipausa e, logo em seguida, acelerou a conversa com aquela malícia que há milênios surpreende os homens. Acrescentou, do nada, que estava pronta a fazer uma aposta dentro do jogo do amor. Uma aposta digna do valor de Chong-Mou-In. Então, ferido nos brios masculinos e de grande senhor, sobretudo obstinado por qualquer tipo de jogo, Mao aceitou apostar. Caso não conseguisse abrir as pernas de Chong-Mou-In, o baú vermelho e seu conteúdo em dinheiro seriam definitivamente da jovem. Se conseguisse...

Não conseguiu. Caiu extenuado ao lado da concubina. Chong-Mou-In acariciou-lhe o rosto suado e fez um sinal para prestar atenção ao que ia fazer. Da posição em que estava deu um pulo e saiu da cama. Acocorou-se no chão, respirou fundo durante alguns segundos, concentrando-se, depois levantou o tronco lentamente, as pernas ligeiramente afastadas, os braços em movimentos para a frente e para trás, como um pássaro se preparando para alçar vôo. De repente, a jovem deu um salto impulsionado pelas pernas semiflexionadas e foi tão alto que se agarrou à viga da cumeeira, lá em cima. Na realidade, agarrou duas argolas previamente ali colocadas por Kei-Lou. Aparentemente, voou. E ficou assim, nua, balançando-se nas argolas como um pássaro, como uma deusa. Após alguns impulsos, pra lá e pra cá, soltou as argolas e carambolou no ar, deixando-se cair na cama a menos de dois palmos de Mao, na mesma posição em que estava, de frente para o teto, os joelhos lado a lado, as mãos cruzadas sobre o ventre, em repouso, como se dali não tivesse saído nunca. O grande senhor, ainda suado pelo enorme esforço despendido, compreendeu que Chong-Mou-In era exímia em artes marciais. A concubina, por fim, movimentou-se e cobriu-o de carícias, mas o dia havia sido tremendamente exaustivo, Mao adormeceu de cansaço, a cabeça apoiada no ventre da concubina. Nem mesmo notou que Chong-Mou-In afastara os joelhos um do outro.

As visitas de Mao a qualquer das concubinas não duravam mais que uma noite, de modo que, cedo, na manhã seguinte, os criados costumavam carregá-lo num palanquim ou numa cadeirinha para tomar a canja de porco em seus aposentos na casa principal. Porém, já alto ia o sol quando Mao despertou. Chong-Mou-In cuidou dele como experiente concubina e deu-lhe um banho em água tépida. Ajudou-o a vestir-se e, em seguida, passaram ao recinto onde os criados serviam seu desjejum favorito. Mao mandou dispensar os criados com o palanquim e avisou que ia ficar o dia todo na casa da quarta concubina. Mais do que nunca, passadas as emoções do primeiro dia, e nada tendo saído conforme suas expectativas, Mao precisava estar a sós com Chong-Mou-In. Jamais seqüência de fatos assim havia acontecido em sua vida. Incitado por um repentino senso de humor, ficou pensando no desastre que sofreria a sua reputação de grande senhor se tivesse de convocar seus guardas, os melhores guerreiros da região, para abrirem as pernas da jovem concubina. Um sorriso interior perpassou-lhe entre uma concha e outra de canja de porco. Soltou três ruidosas eructações. Sentiu que estava no meio de um jogo, de uma contenda formidável, e só quem sofre dessa paixão lúdica pode avaliar o ânimo contumaz de um jogador.

Quando as três concubinas souberam que o grande senhor ia permanecer na casa da quarta concubina por todo aquele dia, logo trataram de antecipar o primeiro chá. A imediata reação da primeira concubina foi mandar atirar aos porcos a canja de porco, mas assim como as manifestações de amor vigiam sob código de frieza, os ciúmes seguiam caminho idêntico. Ou deveriam. Mas a canja de porco quase atirada aos porcos mereceu melhor destino. A primeira concubina ordenou aos criados que, naquela manhã, bebessem até a última gota o desjejum preparado para o grande senhor. Pior sorte tiveram os criados-espiões da segunda e terceira concubinas. Por não anteciparem às concubinas a decisão do grande senhor, tiveram de mastigar dois cates de gengibre cru. Assim, aprenderiam a soltar a língua rapidamente.

No primeiro chá, as três concubinas falaram mal da quarta concubina. No segundo, falaram porcamente. No terceiro, xingaram-na até perder o fôlego, se é que alguma mulher perde fôlego em questões dessa natureza. Nem de longe admitiram que era por ciúmes. Era somente por desconsideração da novata às regras da concubinagem. E por abuso de confiança, por enxerimento, impertinência, provocação, artimanha, inconseqüência, picardia, desfeita, perfídia, atrevimento, malícia, aleivosia, matreirice, ardileza, manha, astúcia, traição, calhordice, vilania... Ciúmes? Não se rebaixariam ao nível daquela sirigaita! Víbora!

Mas o vírus do ciúme estava solto, e mesmo Kei-Lou, o velho mestre, teve de recorrer ao que aprendera com os bonzos para manter o autocontrole e continuar vigiando os movimentos de Mao e os espiões das concubinas. Considerava Chong-Mou-In muito mais que simples discípula.

Enquanto as três primeiras concubinas espumavam, Mao e sua nova concubina ficaram conversando sobre almofadas durante horas. Ninguém conseguia ouvir o que falavam. Várias vezes os dois consultaram o almanaque-horóscopo e o *I Ching*. Desenharam em folhas de papel-arroz. Quando Chong-Mou-In mandou servirem o almoço, foi que um dos criados-espiões da terceira concubina, e que tinha a língua ainda dormente por causa do gengibre, desconfiou de qualquer coisa, pois ouviu Mao tratando a jovem como terceira concubina em vez de quarta. De fato, Mao apostara diagramar, descrever e interpretar o maior número possível de hexagramas do *I Ching*, e conseguiu chegar ao trigésimo primeiro. Porém, a quarta concubina sabia de memória os trinta e três hexagramas restantes, e vencera a aposta. Continuaria, na cama, com os joelhos lado a lado, mas promovida a terceira concubina.

Mao, embora entorpecido pelo clima do jogo, reconheceu, sofridamente, que era inferior à concubina em disputas envolvendo intelecto e memória. Em artes marciais, nem pensar! Tinha de valer-se da malícia masculina e de um tipo de jogo em que era temível jogador: o combate de grilos. Mas o conhecimento dessa atividade era restrito aos homens. Pensou. Chegou a ver a frágil Chong-Mou-In, prostrada a seus pés, pedindo perdão por ter desafiado o grande senhor, e restituindo-lhe todos os ganhos das apostas anteriores. Sabia que se levasse aquele jogo pessoal para o campo da contenda de grilos venceria com toda certeza. Pensou também que obrigar Chong-Mou-In a jogos da espécie não seria nada cavalheiro, nem digno de um grande senhor. Mas por que esses escrúpulos? A concubina era sua propriedade, e, a rigor, ela deveria fazer cegamente tudo o que ele mandasse. Analisou com frieza a situação. Apenas aconteceu, sabe-se lá por que, ter a jovem enveredado pelo campo do jogo, onde a ética do perde-ganha há que prevalecer, sob risco de não existir o próprio jogo, nem clima para apostas. O jogo pode até ser sujo, mas precisa de um quê de lisura lúdica, de ritual no espírito de contenda, de disputa, de sorte, enfim. Foi o que pensou.

Por isso, estava metido naquela situação. Por não renegar jamais uma oportunidade de jogar, mesmo contra uma concubina. Tornou a pensar. E não seria a vida um jogo? Sim, um punhado de estrelas podia decidir a sorte de cada indivíduo, num mero espasmo lá por cima. Um último pensamento convenceu-o a sugerir os grilos como novo campo de apostas entre os dois. Os jogos estavam no destino de Chong-Mou-In, pois ela foi entregue como parte de pagamento de aposta. Aposta em contenda de grilos. Sim, não seria absurdo propor à concubina aceitar embates de grilos no jogo entre os dois. Era só mandar buscar os insetos no galpão onde três criados se ocupavam exclusivamente desse tipo de criação, no caminho para os arrozais. Daria a Chong-Mou-In a prerrogativa de escolher esse ou aquele animal da sua criação. Ensinar-lhe-ia as regras, que eram simples, e alguns truques, esses sim, requeriam conhecimento e experiência. Pensou. Além do mais, reuniria duas paixões numa só contenda. E com juízo e critérios obnubilados pela idéia de passar a ser o grande ganhador daí em diante, afastou da memória a lembrança de haver perdido numa aposta a própria mulher — que viria a morrer de desgosto — para um jogador sádico, antigo magistrado do Império Celeste.

Após o almoço, Mao e Chong-Mou-In tomaram várias xícaras de chá. Mao deu ordem a um criado para avisar à terceira concubina que, de agora em diante, ela seria a quarta na ordem hierárquica, pois Chong-Mou-In havia tido excelente performance e merecera imediata promoção. Mas que a ex-terceira ficasse na mesma casa e mantivesse todo o aparato de costume, até Mao decidir sobre pormenores. O criado, por coincidência, o mesmo espião da terceira concubina, e que ainda tinha a língua meio dormente de tanto mastigar gengibre, correu à casa da cantora para dar-lhe em primeira mão a má notícia. Corria o risco de levar outro castigo, porém aliviava-o o fato de transmitir ordem direta do grande senhor.

Quando o criado chegou à casa da ex-terceira concubina, as três *Siu-Sin* estavam prorrogando, pela enésima vez, o último chá. O criado-espião pediu licença para interromper a reunião e, com discreta mesura, atrás de um biombo, deu a má notícia à ex-terceira concubina. O pobre-diabo foi golpeado no rosto, felizmente por um leque que a mulher trazia na mão. Embora o tempo fosse fresco, o calor das últimas emoções havia reposto em ação os leques das três casas. E, ainda, se o clima não estivesse a exigir leques, havia surgido, de repente, imperiosa necessidade de se agitarem as mãos. Assim descarregavam parte de suas ciumentas frustrações.

A ex-terceira e agora quarta concubina imediatamente transmitiu a má notícia às outras duas que agitaram mais depressa os seus leques. Nem de longe exteriorizaram a onda de ciúmes que se abateu sobre as três. Continuaram atribuindo sua ira à desconsideração de Chong-Mou-In pelas regras da concubinagem. E confirmaram uníssonas, num tom acima do anterior, que aquilo era abuso, enxerimento, impertinência, provocação, artimanha, inconseqüência, picardia, desfeita, perfídia, atrevimento, malícia, aleivosia, matreirice, ardileza, manha, astúcia, traição, calhordice, vilania... Aquela sirigaita ia ver! Víbora! Escolopendra!

O grande senhor, assim que despachou o criado para transmitir a mensagem à ex-terceira concubina, voltou-se para Chong-Mou-In e, maliciosamente, fazendo-se quase-vítima dos encantos e surpresas da jovem concubina sugeriu-lhe passarem, dentro do jogo que haviam iniciado, a um terreno mais favorável a ele, no caso as contendas de grilos. E explicou à concubina algumas noções básicas sobre os embates. Chong-Mou-In, que já esperava a guinada do grande senhor, demonstrou interesse pela conversa, porém frustrou ainda uma vez as expectativas de Mao, pois, discretamente, revelou-lhe conhecer o assunto. Mas guardou para si quanto havia treinado seus insetos nos últimos dois anos, a pedido do pai. Mao começou a pensar que estava realmente diante de mulher extraordinária, mágica, completamente fora dos padrões do Império Celeste, embora admitisse haver existido concubinas do próprio imperador que se notabilizaram como heroínas e mulheres de grande poder. Veio-lhe à mente a lendária concubina do imperador Yüan, uma mulher de nome Fang, que defendeu o seu senhor do ataque de enorme urso. Mas isso ocorrera havia dois mil anos! Esses tempos heróicos só existiam na História. Na realidade, de fato, a mulher era e continuaria sendo um ser tremendamente inferior, pensou. Reputou os seus recentes reveses nas apostas com Chong-Mou-In ao fato de ter deixado que ela escolhesse os jogos. Exceto as artes marciais, claro, mas aquilo era uma exceção plausível. Veio-lhe à mente que ainda não tinha conseguido abrir as pernas da concubina. Mas estava chegando a sua vez. No céu outonal, constelações de estrelas arquitetavam o destino de Mao.

Chong-Mou-In concordou que passassem às contendas de grilos. Mao ordenou aos criados que fossem buscar vinte dos seus melhores grilos lutadores. Ele e a concubina escolheriam, dentre os melhores, os grilos nos quais apostariam. Ordenou também que viessem os criados encarregados do *métier*, bem como toda a parafernália que envolvia a criação dos insetos.

Enquanto esperavam a chegada dos criados com os grilos lutadores, Chong-Mou-In e o grande senhor ficaram conversando sobre a vida dos grilos, e discorreram sobre os tipos mais aguerridos desses insetos. Depois, prepararam, em conjunto, a arena onde seriam os combates: um vaso branco, polido e quadrado, de boas dimensões laterais e fundo chato. A concubina chamou Kei-Lou e fez-lhe um sinal. O velho mestre cuidara dos grilos pertencentes à criação do pai da jovem, transportando-os dentro de cilindros de bambu durante a viagem. No dia em que desarrumou a bagagem, tratou logo de colocar os preciosos insetos em potes de barro vidrado, onde havia recipientes para água e seus alimentos favoritos: peixe, arroz cozido, castanha, gorgulhos, e mel de abelhas para revigorá-los.

Chong-Mou-In pediu permissão ao grande senhor para Kei-Lou trazer um pote contendo um casal de grilos. E tinha alguma coisa em mente quando disse que todas as noites o inseto macho precisava ser visitado por uma companheira, mas o encontro não podia ultrapassar duas horas, a fim de que o macho não se extenuasse. Acrescentou que os tratava muito bem, pois se tivessem indigestão mandava dar-lhes uma dose de "larvas vermelhas"; se tivessem febre, bastava dar-lhes rebentos da "ervilheira selvagem"; quando se encontravam constipados, servia-lhes uma porção de mosquitos, e logo se curavam. Chong-Mou-In não mencionou que mandava administrar "borboletas de bambu" aos bichos quando apresentavam a respiração difícil. Aparentemente, a jovem concubina falou aquilo com naturalidade, talvez apenas para Mao saber que não era leiga. Talvez tivesse alguma coisa em mente. Talvez alguma coisa ainda em formação. Não revelou outras técnicas sobre grilos lutadores, preferindo aguardar os acontecimentos. Afirmou que tinha trazido alguns bichinhos na sua bagagem, e na hora dos combates e das apostas, ia preferir utilizar os grilos da criação de seu pai, em vez de escolher grilos da criação de Mao. Mao assentiu exteriorizando naturalidade, e, pretensiosamente, até achou melhor, pois se Chong-Mou-In estava ali em pagamento de aposta era porque a criação dos grilos de seu pai demonstrara ser inferior à dele.

Uma lua imensa despontava no céu quando os criados chegaram com a parafernália dos grilos lutadores. A um sinal de Mao, os criados dedicaram-se aos preparativos para os combates. Enquanto isso, o grande senhor e sua concubina passaram a outro recinto da casa para o jantar. Novas iguarias foram degustadas por Mao. E o grande senhor ficou pensando, outra vez, que somente o Deus do Fogão poderia ter revelado aquelas receitas à jovem. Mao, depois de refestelar-se sobre almofadas, quis dar uma pitada no seu cachimbo, porém a concubina advertiu-o, discretamente, de que qualquer fumaça no ambiente poderia irritar os grilos, animais muito sensíveis. Mao fez um muxoxo de grande senhor, mas desistiu de pitar. Dispensaram os criados e ficaram somente os dois. Como a noite já se adiantava, Mao sugeriu que fizessem apenas uma luta de grilos. Queria primeiro testar a concubina. Dedicariam o dia seguinte exclusivamente aos combates. Estava certo da vitória. Pensou também que embora fosse incomum jovem mulher deter conhecimentos sobre grilos lutadores, lembrou que a concubina era filha de um criador desses animais, e, portanto, talvez fosse melhor encarar com reservas a naturalidade da moça sobre combates de grilos.

Para o único embate da noite, decidiram primeiro qual seria o prêmio a apostar. Mao, com a sensibilidade dos negócios entranhada na alma, sugeriu que Chong-Mou-In deveria devolver o baú vermelho contendo o dinheiro, caso ela perdesse. Então, o baú seria o prêmio do grande senhor. A jovem, sem pestanejar, sugeriu como prêmio, se vencesse, a posição de segunda concubina. Em seguida, escolheram os animais para a contenda. Mao estava tão excitado com a luta, com o jogo, com a aposta, com a certeza de começar a recuperar o terreno perdido, que parecia febril.

Chong-Mou-In estava serena. Tinha alguma coisa em mente, só podia ter. Antigo provérbio oriental diz que uma mulher serena é capaz de ter reação de homem. Escolheu um grilo da classe *uóng-má-t'âu* (Cabeça-Amarela), enquanto Mao apresentou para a luta um terrível *mui-fá-tim* (Mancha de Flor de Ameixoeira), inseto que dizem nascer em terreno venenoso, geralmente guardado por duas cobras e duas lacraias.

A luta iniciou-se, mas o grilo Cabeça-Amarela não parecia interessado na contenda. Para provocar-lhe, a concubina teve de irritar as costas do grilo com uma escova de pêlo de rato. Só então, o Cabeça-Amarela foi de encontro ao aguerrido Mancha de Flor de Ameixoeira. Após alguns poucos embates o grilo Cabeça-Amarela foi despedaçado pelo adversário. Mao havia ganhado sua primeira aposta contra a jovem concubina. Ficou radiante. Chong-Mou-In aparentou ligeira tristeza, embora nunca se saiba, realmente, o que se passa na cabeça de uma mulher. Mao chamou os criados para guardarem a parafernália e, depois, dispensou-os. Conversaram sobre lances da luta, e Mao, excitado pela perspectiva de vencer as apostas do dia seguinte, logo sugeriu que fossem para os aposentos da concubina. Chong-Mou-In preferiu cumprir imediatamente o pagamento da aposta. Antes de se recolherem, entregou a Mao o bauzinho vermelho e seu conteúdo. Mao sentia-se grande senhor da terra e das nuvens, mesmo sem ópio. E o grande senhor teria dormido feliz nos braços da nova concubina se a embriaguez da vitória não o levasse a tentar, mais uma vez, abrir os joelhos da jovem. Chong-Mou-In concentrou-se e aproveitou o estado de espírito do ex-mandarim para apostar novamente sua promoção a segunda concubina, caso vencesse. Mao tentou com todas as suas forças, e sentia-se mais forte, seguramente motivado pela vitória do grilo *mui-fá-tim*. Os joelhos de Chong-Mou-In pareciam vacilar...

Na manhã seguinte, os templos nos jardins das três casas amanheceram enfumaçados por incensos e pivetes acesos em intenção dos deuses do céu, da terra e do mar. Pairava séria ameaça. As três concubinas pediam com veemência que os deuses intercedessem e que lhes livrassem da jovem concorrente. Porém, a situação piorou quando dois criados vindos da casa de Chong-Mou-In se dirigiram à casa principal dizendo que traziam importante mensagem do grande senhor. Então, pediram à primeira concubina, responsável pela agenda familiar e pelo almanaque-horóscopo, que convocasse os guardas, e todos os familiares e criados das três casas para ouvirem, após o soar do gongo, a mensagem de Mao. E assim tudo foi interrompido, mesmo aquelas coisas que não deviam ficar a meio caminho, ou apenas iniciadas, sob pena de vexames, maus odores e danos ao bem-estar, à saúde, ou ao foro íntimo. No entanto, uma mensagem do grande senhor, sob o rito do gongo, podia significar desterro, chibatadas ou suplícios ainda mais dolorosos. Podia significar outras coisas também. Após correrias e apreensões, na presença de todos os convocados, os criados designados por Mao anunciaram que o grande senhor mandara transmitir que, após o soar do gongo, a jovem Chong-Mou-In seria a primeira concubina; mas que as demais concubinas, familiares, agregados e criadagem permanecessem normalmente em suas casas cuidando de seus deveres, obrigações e lealdade para com o grande senhor, até que ele mesmo decidisse sobre mudanças e pormenores. Então, o gongo soou.

Um tufão não teria causado maior impacto. Imediatamente após o soar do gongo finalizando a mensagem, o disse-que-disse se generalizou, e ninguém mais se entendia. As três ex-primeiras concubinas abraçaram-se e choraram, vendo seus feudos sentimentais desmoronarem. Obviamente que não era por ciúmes da nova primeira concubina. Continuava sendo por abuso, enxerimento, impertinência, provocação, artimanha, inconseqüência, picardia, desfeita, perfídia, atrevimento, malícia, aleivosia, matreirice, ardileza, manha, astúcia, traição, calhordice, vilania...

Um espião sobre o telhado da casa de Chong-Mou-In viu o que acontecera na noite anterior. Mao se encontrava tão entusiasmado com a vitória do seu grilo *mui-fá-tim* e com a recuperação do seu dinheiro que tentou mais uma vez afastar os joelhos da concubina. A jovem, treinada, realmente fingiu ligeiro fraquejamento dos joelhos, e, nesse momento, apostou galgar a posição de segunda concubina caso se mantivesse incólume. Mao, sentindo o vacilo das pernas da moça, entusiasmou-se e encheu-se de brios, se é que o ex-mandarim ainda tinha algum. Chong-Mou-In, percebendo a iniciativa do grande senhor, acenou-lhe com nova proposta em plena luta, e, alterando sua posição na aposta, sugeriu que se Mao conseguisse lhe afastar os joelhos ela seria promovida a primeira concubina. No afã de conseguir, em meio à lascívia e aos suores da situação, Mao, percebendo que estava próximo de conseguir, não pestanejou em assentir. A concubina, com apurada desfaçatez, já o homem nas últimas, ainda pediu que ele confirmasse. E Mao confirmou já quase se esborrachando em espasmos de gozo. Então, os joelhos de Chong-Mou-In cederam gradativamente, num cansaço dissimulado. Mao delirou. O espião conseguiu descer de cima do telhado, mas não foi longe, nem nunca mais falou. Supõe-se tenha sido por causa da ciumenta reação de Kei-Lou que o interrogou, nem bem o outro pusera os pés no chão, e acabou vibrando tremendo golpe num determinado nervo do infeliz.

Na manhã seguinte, os amantes transpiravam felicidade. Todavia, apenas sorvida a canja de porco, com eructações e outros ruídos superiores e inferiores peculiares à satisfação, Mao, enfeitiçado pelas perspectivas do jogo, mandou os criados arrumarem outra vez a arena e parafernália dos grilos lutadores. Chong-Mou-In estava serena.

Sabidamente, Mao não quis trocar de lutador e permaneceu com o seu invencível *mui-fá-tim*. Pegou delicadamente o bichinho e o acariciou de tão satisfeito. Ficou examinando-lhe as patas, as afiadas mandíbulas, e imaginou que ele, Mao, também estava sendo um grande lutador. E todo guerreiro quer mais luta. Como todo jogador anseia por mais risco.

Visto que, aparentemente, os limites de apostas tinham se reduzido para Chong-Mou-In, pois a jovem já se tornara primeira concubina, restava-lhe reaver o bauzinho vermelho com a grande soma em dinheiro. Mas sem espiões por perto, ninguém ficou sabendo o que apostaram, nem a primazia dos prêmios, nada. Os criados entravam, saíam, e os dois estavam lá parecendo discutir alguma coisa importante. O grilo *mui-fá-tim* entrou na arena e de lá saiu várias vezes para comer mel no seu pote vidrado. Veio a hora do almoço, e o casal parecia ainda discutir. Chegou a hora do chá, e ainda estavam discutindo. Deu a hora do jantar, e permaneciam discutindo. Parecia enciumado. Ele, Mao, enciumar-se? Talvez ao ver a juventude de Chong-Mou-In, ou o seu equilíbrio, ou a sua versatilidade, ou a sua capacidade de aprender, ou a sua perspectiva de anos pela frente, ou talvez por causa dos grilos, ou talvez por causa do passado que veio à tona na discussão, ou talvez por sentir seu poder ameaçado... Finalmente, Mao foi para um recinto longe dos grilos e pitou o seu cachimbo de prata e marfim. Voltou de lá com o espírito decidido. E os dois foram à luta.

A arena estava preparada. Mao colocou o temível *mui-fá-tim* em posição de combate, após irritar-lhe as costas. Chong-Mou-In tirou, de um pote vidrado, um grilo *kamsi* e também irritando as costas do animal com o pincel de pêlo de rato lançou-o à arena. Os dois contendores estudaram-se bastante. Possivelmente verificaram peso, tamanho, cor, cheiro, patas, tipo de mandíbula, capacidade de empinamento, grito de batalha, e outras características de grande lutador de um e de outro. Assim como seus donos, os bichos pareciam certos da vitória. Após esses momentos de estudo, partiram furiosamente um contra o outro em ataques terríveis. Dezenas e dezenas de embates sucederam-se sem que se pudesse prever um vencedor. Mao estava admiradíssimo, pois imaginava que, a exemplo da luta anterior, o terrível *mui-fá-tim* despedaçaria com facilidade o seu adversário. Aos poucos, porém, Mao foi se acalmando, porque o *kam-si* começara a dar sinais de cansaço. Era impossível ler alguma coisa nos olhos da concubina, tão concentrada no combate dos grilos. Após centenas de investidas de uma e outra parte, tudo levava a crer que Mao venceria a aposta.

No entanto, lá fora, nos céus do outono daquele Ano do Dragão, as estrelas deviam ter acabado de confirmar as previsões do astrólogo-mestre feitas, havia muito tempo, no exato momento em que Mao nascera. Foi quando as mandíbulas do *kam-si*, por fatal descuido do temível adversário, feriram de morte o *mui-fá-tim*. Extenuado, o *kam-si* soltou um estrídulo vitorioso. Mao não podia, não queria acreditar. Só lhe restava preparar o funeral do seu *mui-fá-tim* e enterrá-lo num esquifezinho de prata junto com a metade do seu poder de grande senhor. Sua ex-concubina estava serena.

Na casa principal, as três *siu-sin* não paravam de chorar. Obstinadamente, alegavam que não era por ciúmes de Chong-Mou-In. Continuava sendo por abuso, enxerimento, impertinência, provocação, artimanha, inconseqüência, picardia, desfeita, perfídia, atrevimento, malícia, aleivosia, matreirice, ardileza, manha, astúcia, traição, calhordice, vilania daquela víbora, escolopendra!

No dia seguinte, a musa me soprou esta história, que adaptei aos tempos e quadrantes da vez:

Ciúme, tronco e membros

A. e B. moravam há cinco anos naquela casa de estilo normando, na curva da rua que leva à colina. Há um jardim na frente da casa e fruteiras no terreno dos fundos. A rua é tranqüila, vai se contorcendo e subindo a colina, que vai subindo, subindo.

A. e B. se conheceram numa viagem de negócios. Primeiro trocaram olhares; depois, cartões de visita; finalmente, apertos de mão. Iniciaram uma conversa que parecia não ter fim. Por isso se mudaram pra aquela casa.

Viveram felizes o primeiro, segundo e terceiro anos. Tanto A. como B., profissionais liberais, sabiam o que queriam da vida: felicidade. A. era jornalista *free-lancer*, B. trabalhava como modelo. Tanto A. como B. alcançaram rapidamente o sucesso. A agenda de compromissos de B. implicava viagens e horários rígidos, enquanto A., como *free-lancer*, tinha mais tempo para dedicar-se à casa e ao lazer.

Levavam padrão de vida elevado. Freqüentavam bons restaurantes, apreciavam vinhos de boa cepa e pratos sofisticados. Teatro e cinema eram as diversões preferidas de A.

Já B., com menos tempo disponível, preferia ouvir música e ler revistas em aviões, hotéis, trens, onde pudesse.

Como desde cedo tinham se tornado pessoas independentes, levaram seus hábitos para a casa da colina. A. tinha sua suíte, discreta, e B., por sua vez, também tinha a sua, sofisticada. O resto da casa, em três andares contando com o porão onde havia a despensa, a adega, os equipamentos de calefação e ar-condicionado, era compartilhado.

Também tinham números de telefone, fax e correio eletrônico separados. Essa independência só causara estranheza ao carteiro, pois logo que se mudaram para a casa da colina, imediatamente instalaram duas caixas de correio. Uma para A., outra para B.

A. gostava de carros, tinha dois modelos esportivos e um antigo Cadillac, desses de coleção. B. tinha um *sedan* moderno e duas motos. Usavam garagens separadas para manter sua independência. Liam o mesmo jornal, mas o entregador de jornais todos os dias deixava dois exemplares iguais no jardim.

Dividiam os prazeres e despesas comuns, e assumiam individualmente aquilo que consideravam pessoal. Mas como a vida não pode ser feita só de prazeres e felicidade, por mais que se faça por onde, ou por mais que se mereça, ou ainda, por mais que o dinheiro possa comprar, fez-se presente o que faltava, aquele prurido de insatisfação indefinida. Há sempre alguma coisa que não se pode ter, ou que seria bom de fazer, ou que valeria a pena tentar fazer, fruir ou possuir. E isso talvez até seja bom para demonstrar que as limitações do gênero humano ainda existem entre os vencedores, competentes e abastados.

Um dia, A. e B. resolveram querer alguma coisa que não tinham nem poderiam ter. Mais do que nunca se fez presente o que faltava.

Então, iniciou-se um irreversível processo de mudanças na vida de A. e de B. Davam-se tão bem, que era natural desejarem repartir sua felicidade com alguém, e imaginaram um serzinho criado naquele mundo sem percalços.

Proibidos pela natureza de procriar, fizeram o que fazem as pessoas esclarecidas. Partiram para a adoção legal. Assim, adotaram C., que anatomicamente era como A. e B. Tinha só cinco anos, uma idade já menos trabalhosa e ainda fácil de adaptações.

Foi aí que A. e B. começaram a se desentender. A. queria que C. recebesse o mesmo tipo de educação que tivera. Já B. pensava diferente, achava que a educação de C. devia seguir os novos tempos. Para B., "tudo se resumia numa simples questão de atualizar o modelo de educação", frisara A., sem trocadilhos.

Dois anos passaram rápido, C. cresceu bastante e amadureceu precocemente para os seus sete anos. Quase não dava pra notar, porém C. tinha empatia maior por A., e isso não passava despercebido. Era até natural, porque A., tendo mais disponibilidade de tempo, tomava seus deveres escolares e inventava brincadeiras e jogos. Foi quando B., inesperadamente, começou a demonstrar ciúmes de A. por causa de C.

Começou um período de desavenças, em princípio por ninharias. Na hora de passar o dentifrício na escova, B. achava que C. devia fazer isso sem ajuda, mas A. se adiantava e o fazia. O mesmo se dava com a manteiga no pão. Ou se alguma coisa caía no chão, A. chegava primeiro que C., e, o que era pior, mais rápido do que B. Essas coisinhas foram num crescendo, embora alternadas por períodos de silêncio entre A. e B.

C. mudara bastante os hábitos da casa, principalmente com vídeo e televisão, obrigando A. e B. a assistirem programas e filmes. Obviamente a escolha de programas e conveniências para a idade de C. passaram também ao campo de discussões.

Numa noite de frio intenso, B. chegou de viagem e foi direto para o seu quarto, cumprimentou C. sem nenhuma festinha, e não falou com A. B. trancou-se lá e não desceu para o jantar.

Depois que C. foi dormir, A. telefonou do seu quarto para B. e conversaram longamente. E discutiram. Afinal, A. disse que preferia tratar do assunto pessoalmente e que iria ao quarto de B., que teve de abrir a porta. Conversaram sobre suas vidas, sobre a opção que tinham feito, e o tipo de relação formidável que levavam. Formidável até a chegada de C., falou B. de forma cortante. Nisso era impossível A. não estar de acordo. Foi aí que B. revelou um lado desconhecido de sua personalidade até então. Sugeriu a A. livrarem-se de C. Um bom colégio, em regime de internato custava caro, mas A. e B. podiam pagar. Dividiriam as despesas. Nas férias de verão, viajariam com C., após alguns dias de descanso na casa da colina, pois rever o lar periodicamente faria bem a C. A. teve de concordar, ao menos naquele momento. Feitas as pazes, traçaram estratagema para conversarem com C. no dia seguinte.

Mas como o imponderável não respeita o traçado que as pessoas pensam fazer com a vida dos outros, mesmo crianças, C. tinha captado a conversa no telefone e no quarto de B., valendo-se da tecnologia que os adultos lançam no mundo sem pensar aonde vão com isso. C. reagiu como criança que era. Fez sua mochila, saltou da janela e fugiu. Subiu a rua que ia dar na colina, e foi subindo, subindo. Sumiu.

Na manhã seguinte A. e B. deram parte à polícia. Dois dias depois o corpinho de C. foi encontrado numa escarpa, congelado, dois quilômetros acima da casa da colina. A. e B. provaram, assim pela primeira vez, o verdadeiro sabor do desgosto. Mandaram cremar os restos de C., e suas cinzas foram divididas como costumavam fazer com o que julgavam divisível: em duas urnas de iguais proporções, de acrílico azul-escuro, com tampas contendo placas de prata onde se liam nomes e datas.

Mas o destino das urnas seria diferente. A. pôs a sua no quarto, bem à vista, sobre o console, ao lado de um retrato de C. abrindo um sorriso que parecia maior que o porta-retratos, maior que o quarto, que a casa, que o mundo e o tempo. Em cima da urna, A. colocou uma colher de prata, uma miniatura chinesa, lembrancinha de C. no último Natal. Com o auxílio de uma lente, podia-se ler um provérbio gravado na colher. B. preferiu espalhar as cinzas pelo jardim. Colocou na urna vazia algumas fotos, uns cartõezinhos com a caligrafia de C. e pequenos brinquedos que eram da sua predileção.

A vida de A. e B. nunca mais foi a mesma. Em poucas semanas a ausência de C. foi crescendo, crescendo e, de repente, como do nada, a ausência se assenhoreou da casa, do jardim, do porão, da cozinha, da copa, do telhado, da garagem, dos carros, das motos, dos quartos. Sua ausência era maior do que havia sido a sua presença. A. ficava horas em frente à urna no quarto, olhando aquele monte de cinzas. Em silêncio. Abria a urna. Fechava a urna. Ficou sem trabalhar um bom período. Não conseguia.

B. não parou de viajar. Até passou a viajar mais, a ter mais compromissos, como se fugisse da casa da colina. Um dia chegou de viagem e disse a A. que ia embora. Ia fazer as malas imediatamente, depois, um caminhão de mudanças viria pegar as coisas graúdas. E disse a A. que queria um punhado de cinzas da sua urna para levar como lembrança. A. não concordou e reagiu furiosamente, dizendo que aquelas cinzas eram sagradas, pertenciam a quem, de fato, adorava C. Então, B., alegando que precisava somente de um punhado simbólico, pegou uma pá na garagem e foi ao jardim. Escavacou um pouco a terra, e estava pondo num saco plástico algo como meia pá, quando A. apareceu gritando-lhe que deixasse C. em paz. E como B. não desse ouvidos, A. passou à agressão física. Tomou-lhe a pá das mãos e bateu em sua cabeça com o instrumento repetidas vezes. E só parou de bater quando o sangue de B. borbulhou pelas roupas e começou a ser tragado pela terra do jardim. A. telefonou para a polícia e ficou aguardando. Parecia uma alma penada abraçando a urna com as cinzas de C. B. não resistiu e morreu dois dias depois. A notícia de sua morte saiu nos jornais. Modelos têm sempre cobertura da mídia, foi isso que pensou A., sem dó.

O processo de A. foi rápido. Acusação, julgamento e condenação a trinta anos de prisão pelo assassinato de B. O juiz permitiu que A. levasse a urna com as cinzas de C. para a sua cela.

Recentemente, os advogados de A. conseguiram reduzir a sua pena. Deu nos jornais que, além de bom comportamento, A. vinha colaborando com cientistas pesquisadores sobre a presença de determinadas substâncias no organismo humano que poderiam desencadear ataques incontroláveis de ciúme. Os mesmos cientistas, porém, estavam intrigados com o fato de terem encontrado derivações carbônicas das cinzas de C. presentes no metabolismo de algumas células de A.

No dia seguinte, a musa me soprou esta história, que adaptei aos tempos e quadrantes da vez:

Sobre rodas

Wolf entrou no sedãzinho ano 58, já no terceiro motor. O primeiro pifara de tanto trabalhar. O segundo, idem. Ele mesmo cuidava da estrutura e essência do automóvel. Tratava-o como gente, e não deixava ninguém pôr a mão no sedãzinho. Fez do veículo seu *alter ego*. Por sua vez, o carro amoldara-se a Wolf. Era-lhe solidário nos bons e maus momentos, levando-o a toda parte, estradas adentro, estradas afora.

Dono e pertence mantinham uma relação estranha, íntima, extrema. Conheciam-se de sons e ruídos, de humores e odores, de cevagens e detritos. A rigor, modelaram-se mutuamente. E era difícil perceber fronteiras entre homem e máquina. Entre possuidor e coisa possuída.

Olhou o sedãzinho por dentro. No painel, as rugas do tempo, as estrias do uso. Indicadores de óleo, combustível e temperatura ultrapassados. Relógio, rádio e acendedor de cigarros fora de moda. Os estofamentos trocados várias vezes estavam descorados novamente. Retirou o freio e girou a chave da ignição. O sedãzinho manifestou-se. Roncou estrepitoso. Ranzinza. Mas reagiu aos comandos: acendeu lanternas e faróis; esguichou água; movimentou os limpadores do pára-brisa. Engrenagens rangeram, sutis, quando Wolf acionou as manivelas para mover os vidros das janelinhas.

Pisou no acelerador, e o carro arrancou aparentemente sem hesitar. Na verdade, deixara escapar um ruído que só Wolf percebeu, um grunhido. Saiu da vila, da estrada vicinal, da estrada secundária, pouco movimentadas. Mais adiante, o sedãzinho resmungou. Exalou fumo espesso e obrigou Wolf a parar num posto de gasolina. Checou o que precisava checar, e fez o que devia fazer. A língua do frentista emudeceu, mas o olhar provocou: "Isso ainda existe?" Wolf não ligou. Pegou a auto-estrada. Escolheu a pista de baixa velocidade porque todos os carros ultrapassavam o sedãzinho. Automóveis bonitos, possantes, modernos, automáticos, com radares, isso e aquilo. Bólides sobre rodas. Caríssimos. Wolf nunca poderia ter um deles, nem que trabalhasse cem anos. Sentiu o gume da inveja triscando a pele.

Parou no pedágio e pagou a taxa. Viu pelo espelho retrovisor que o cobrador soltou uma gargalhada assim que ele partiu. Wolf não se alterou, mas o sedãzinho roncou diferente. Arfou e gemeu, mas prosseguiram. A auto-estrada era exaustivamente sinalizada. Painéis eletrônicos informavam condições de tráfego, entroncamentos de vias, saídas para lugarejos, temperatura exterior, previsão meteorológica, pontos para descansar, e outros interesses para usuários. Foram em frente.

O sedãzinho perto daqueles bólides sobre rodas parecia

uma lesma, pensou Wolf, olhando à sua esquerda. Um sujeito gordo, de óculos escuros, guiava um conversível que emparelhou. O sujeito começou a gesticular. Súbito, acelerou o conversível que largou feito míssil. Sumiu em menos de um, dois minutos. Os poros de Wolf expeliram despeito. O sedãzinho rateou, gemeu, roncou. Mas recobrou-se. Wolf manteve a marcha no limite do motor. Um pontinho negro apareceu no retrovisor e foi crescendo, crescendo. Passou célere por Wolf. Já não era pontinho. Virara mancha negra. Mal deu para ver a sua forma de automóvel. Sumiu adiante. Decorrido um tempo, o pontinho negro reapareceu à frente. Começou a crescer. Foi aumentando de tamanho à medida que reduzia a velocidade. Emparelhou com o sedãzinho. Era a tal mancha negra que passara antes. Um carro enorme, preto, luxuoso, com um casal de louros. Gente superior só podia ter carro superior, pensou Wolf. Pois bem, os louros do carro preto só estavam aguardando o sedãzinho para verificar que espécie de carro era aquele. Foi assim que Wolf interpretou.

O vidro do lado direito do carro preto baixou rapidamente, e, no vazado simétrico, a mulher loura falou e repetiu alguma coisa. Wolf rodou a manivela do vidro esquerdo do sedãzinho para ouvir. Após ranger, a peça encrencou, travou. Ficou um vazado torto na janela, desafiando a aerodinâmica. Apesar do vento uivando, pegou no ar o que a mulher atirou: “Pra jogar o sedãzinho no lixo!”. Em seguida, a mancha negra acelerou, zuniu, virou ponto, pontinho, desapareceu. O sedãzinho... gemeu.

Um automóvel maravilhoso passou rente. Wolf logo identificou o seu sonho impossível. O gume da inveja lhe escarnou o corpo. Bramindo furioso, soltou palavrões sem rumo certo. O que se afigurava largado a esmo acabou impregnando o sedãzinho. A roncadura do motor se alterou. Gemeu, uivou, rugiu. Homem e máquina pareciam articular o dialeto dos ciumentos.

Mais à frente, parou noutro posto de gasolina, reabasteceu o sedãzinho e estacionou para descansar. Tomou meia latinha de cerveja. Os olhos se alagaram. Foi ao banheiro aliviar carências, acabou despejando excessos. Viu sua cara no espelho. Pele. Cor. Estigmas de imigrante. Reentrou no carro e tomou o caminho da autopista. Reparava mais nos veículos do que na estrada. Nem se quisesse podia camuflar seus queixumes. Invejava os donos daqueles carros maravilhosos. Não escondeu sua desdita ao confidente. De consolo, ouviu suspiros expelidos pelo cano de escapamento.

Wolf diluía mágoas quando o pontinho negro reapareceu lá na frente. Foi crescendo, virou ponto, mancha negra e ficou aguardando o sedãzinho emparelhar. A mulher loura baixou o vidro outra vez e gritou que o sedãzinho estacionara na pista, e que aquilo era proibido, que estavam numa auto-estrada. O casal de louros começou a rir desbragadamente.

Acidentes são repentinos. Inesperados. Wolf reuniu todas as suas forças para segurar o sedãzinho. Mas era tarde. O veículo descontrolou-se e girou, violento, para cima do carro preto, que se desequilibrou e saiu da segunda faixa, rodopiou na terceira faixa, e foi colhido em cheio por outro bólide que passava. Enquanto isso, o sedãzinho, desengonçado, retornou à sua faixa. Rugindo. Buzinando a esmo. Acendendo e apagando faróis. Tudo por sua conta. Wolf, meio tonto, não quis parar no acostamento. Avaliou que o pára-choque antigo e metálico do sedãzinho protegera-o de quaisquer danos. Olhou pelo retrovisor e viu a mancha negra no meio das pistas, junto com outras manchas coloridas. Predominava o vermelho. As manchas foram diminuindo, viraram pontos, pontinhos, sumiram.

Viaturas de socorro começaram a passar na direção do acidente. Wolf achou escandaloso o ruído das sirenes. Então, espontaneamente, o rádio do sedãzinho tocou o *Requiem* de Mozart. Depois disso, ficou ainda mais difícil perceber as fronteiras entre Wolf e o sedãzinho 58. Ou melhor: entre o possuidor e a coisa possuída. Ou pior: entre a inveja de um e o ciúme do outro.

No dia seguinte, a musa me soprou esta história, que adaptei aos tempos e quadrantes da vez:

O bandarilheiro fantasma

Passeadores noturnos de Madri — que por esse ou aquele motivo doméstico preferem o além das ruas aos confins de casa — contam que, em vésperas de touradas, o vulto de um bandarilheiro caminha em torno da *Plaza Monumental de Toros*. Tem passo curto e ar solerte. Porém o seu andar é inaudível. Talvez levite. O vulto se faz visível sob lume intermitente. Acende um cigarro aqui, outro ali. Mas é sempre o mesmo cigarro. Um fumo que nunca se extingue.

Quem já viu o sujeito, sempre de passagem, diz que alvura fátua lhe aflora a caverna da boca, parecendo criatura sobrenatural. Alegando pressa, ninguém se deteve para confirmar se a caveira é ou não é contraste da dentadura com o breu da noite.

Dizem ainda que quando o bandarilheiro se aproxima da entrada da *Plaza* um toque invisível redesenha sua fisionomia. Tornam-se audíveis seus movimentos: o bater sucessivo das mãos abertas nos portões e a voz suplicando que o deixem entrar... "porque ainda há tempo de salvar os toureiros, de retirar da arena o quadrilheiro ferido e proteger o matador desarmado à mercê do touro".

Se alguém, distraído, chega a uma distância que possa reconhecer a bizarra figura, o bandarilheiro se esfuma. Nessas horas, há quem diga ter ouvido olés e salvas de palmas, como se o bandarilheiro carregasse com ele o rumor da *Plaza de Toros* repleta de aficionados. E contam isso de mil maneiras.

Porém a verdadeira história não contém o heroísmo que o bandarilheiro costuma augurar. Pelo menos, foi como Juan Torres, jornalista especializado em tauromaquia, reportou num jornal conservador da capital. Ouve daqui, conta dali, melhor mesmo é condensar os fatos sem lhes tirar a fantasia.

Um velho mendigo que, tiritando sob o frio, costumava perambular em torno da *Plaza de Toros* à cata de pontas de charuto, contou ao jornalista Juan Torres que chegou a ver a cara do bandarilheiro, e, seguramente, o reconhecera. Segundo o mendigo, era uma fisionomia de outros tempos, época em que ele mesmo nem era pedinte, mas somente um menino pobre. Naquele tempo, falou-se muito de um bandarilheiro chamado Raul, arrolado numa tragédia que, em certos aspectos, se encaixa com o que as pessoas ouvem do vulto batendo nos portões de entrada da *Plaza de Toros*.

O jornalista reanimou o mendigo com uns goles de licor de *Chinchón*, seco, que trazia na bolsa, e levou o pobre homem a lugar abrigado onde ambos pudessem mastigar um sanduíche de chouriço, acompanhado de vinho tinto, e conversar sobre o bandarilheiro Raul. Nas cercanias, logo achou um bar que se prestava aos objetivos. Depois de ouvir o incrível relato e despedir-se do mendigo, Juan Torres pensava preparar reportagem sobre o assunto, quando resolveu passar pelo portão principal da *Plaza* e moldar por si mesmo as dimensões do que acabara de ouvir. Não fez caso da noite avançada. Tampouco se era ou não véspera de touradas. Era.

O jornalista avizinhava-se do portão, quando avistou indo na mesma direção, alguns metros à sua frente, um toureiro esguio, trajes sedosos, com a túnica e o colete bordados de prata e ouro. Em sapatilhas, parecia levitar. Trazia o gorro bem ajustado sobre a trança postiça, e o capote de passeio no ombro esquerdo. Caminhava garbosamente, em ritmo de *paseíllo*, como se fosse pedir à presidência das corridas, autorização para abrirem os currais e, como sempre, enfrentar a morte sobre patas.

Súbito, o toureiro parou, voltou-se para o jornalista, parecendo esconder qualquer coisa sob a capa, logo abaixo da cinta apertada. Então, seguiu-se um diálogo:

— Juan Torres, *Usted* só poderá publicar a história do bandarilheiro Raul se conhecer toda a verdade!

— Quem é o senhor e como sabe que sou jornalista?

— Sou Domingos Ordoñez, toureiro que morreu nesta *Plaza* há dezenas de anos. Ouvi a conversa com o velho mendigo.

— Mas como o senhor pode ter morrido se aparenta...

— Vamos ao que interessa, os pormenores ficarão para a redação. Siga-me dois passos atrás, em ritmo de *paseíllo*, verá como tudo se passou dentro da arena.

Assombrado com o rumo dos acontecimentos e, ao mesmo tempo, instigado pelo espírito jornalístico, Juan Torres seguiu o toureiro a curta distância e viu Domingos Ordoñez traspassar os pesados portões da *Plaza* como se fossem tufos de névoa.

Juan fez o mesmo. Ainda incrédulo com o fenômeno, ia olhando para trás quando, de repente, a noite virou dia, aparecendo diante deles a *Plaza Monumental* em começo de festa, com o clima e alegrão das grandes touradas do passado: palmas, cores, gritos, leques, chapéus, aficionados, fanáticos, vestidos, charutos, gravatas, clarins, tambores, cavalos, picadores, muletas, estoques, quadrilhas, bandeiras, matadores e bandarilheiros. Os touros ainda estavam nos currais.

Ninguém enxergava Juan Torres e Domingos Ordoñez traspassando as fileiras de assentos. A um sinal do toureiro, o jornalista acomodou-se em lugar privilegiado, ouvindo-o dizer:

— A paixão pelo toureio cega a todos, ninguém nos vê. Também por isso, ninguém soube direito o que aconteceu quando morri. *Usted* verá o que aconteceu na arena e terá suas conclusões. Raul é aquele bandarilheiro mais perto da cerca. — Em seguida, rumou em diagonal para a arena, traspassando multidão e cercados.

Juan Torres, ainda assombrado com tudo aquilo, mal lançara olhos à arena, viu enorme touro fugindo de um dos currais. O animal investiu furioso sobre um grupo de toureiros que ainda fazia o *paseíllo* para início das lides. Os bandarilheiros e quadrilheiros que se encontravam do outro lado da arena não acreditaram no que sucedia. Um silêncio monstruoso sufocou a multidão.

O jornalista tentou descrever para si mesmo a abrupta cena. Os toureiros instintivamente se abriram em leque, mas desprovidos de seus apetrechos, dependiam da rapidez dos quadrilheiros, a cavalo, conseguirem vencer a distância e desviar a atenção da besta. Naquelas frações de segundos preciosos, faceando a morte de improviso, não adiantava aos toureiros o domínio da arte de tourear. Nem o poder de sedução que exercem sobre o touro em circunstâncias normais, quando preparam a fera, lenta e ritualmente, para o estoque mortal. Talvez o permanente convívio com o medo lhes ajudasse naquela hora. Mas, treinados no uso da razão para vencer a paixão do touro, que fazer ali à mercê da sorte? E o tempo? Haveria tempo de escaparem?

Foi quando Juan sentiu a manobra irracional do touro. Súbito, a fera mudou de rumo, a cerviz baixa e os cornos em lança se insurgiram exclusivamente para a figura esguia de Domingos Ordoñez. Perto, por sorte, bem perto, estava o bandarilheiro Raul com suas farpas coloridas, e que poderia tentar fazer alguma coisa. Todavia, o bandarilheiro não moveu um músculo sequer, ficou paralisado, talvez pelo medo, talvez por outra razão. E assim como estava, ficou assistindo aos cornos do touro levantar o toureiro pelo ventre, logo abaixo da cinta, e desviscerar-lhe com toda fúria.

Picadores a cavalo, em corrida desesperada, conseguiram desviar o touro e escorraçá-lo na direção dos currais. Mas era tarde para Domingos Ordoñez. O público apaixonado, atônito com a rapidez dos acontecimentos, realmente não pôde perceber que o bandarilheiro poderia ter arrefecido com qualquer movimento a investida do touro. Ou mesmo desviado sua atenção, caso fisgasse o animal, por trás, com um par de bandarilhas. Geometricamente, era ele, o bandarilheiro Raul, quem tinha posição mais favorável na arena para salvar o toureiro.

Um vento frio golpeou as faces do jornalista. E a visão do toureiro Domingos Ordoñez sendo removido da arena, às carreiras, foi se esfumando dos olhos de Juan Torres, que, outra vez, sem entender como, se viu caminhando em frente ao portão principal, do lado de fora da *Plaza*. Ouvindo o ruído dos próprios passos, deixou-se tragar pela realidade, embora a noite escura continuasse intercedendo a favor de fantasias. Lembrou que não fizera caso da véspera de touradas, e que os passeadores noturnos de Madri...

Apertou o passo e viu a *Plaza Monumental de Toros* deslizar para trás. Caminhando no rumo da redação do jornal, juntou detalhes da história contada pelo mendigo aos fatos que tivera de presenciar, ou às imagens que acabara de sonhar, pois não tinha explicação lógica para aquelas visões.

Enquanto raciocinava sobre as visagens, ia preparando no pensamento sua matéria de tauromaquia para o jornal. Foi quando encaixou pormenores narrados pelo mendigo e soprados dos bastidores das touradas. Realmente, na época da tragédia, era uma estranha coincidência que Raul e Ordoñez amassem a mesma mulher, uma cigana de beleza invulgar e forte sotaque andaluz.

No dia seguinte, a musa não estava mais lá.

Este livro foi composto na tipologia Goudy Old Style, em corpo 12/16, impresso em papel Chamois Fine 80g/m² no Sistema Cameron da Divisão Gráfica da Distribuidora Record.